蛇行する川のほとり

恩田　陸

集英社文庫

目次

蛇行する川のほとり

ひとつの話をしよう。
目を閉じれば、今もあの風景が目に浮かぶ。
ゆるやかに蛇行する川のほとりに、いつもあのぶらんこは揺れていた。
私たちはいつもあそこにいた。

ひとつの昔話をしよう。
もはや忘れられた話、過去の色褪《いろあ》せた物語。
平凡で退屈なある夏の話。
私たちの愛情について、私たちの罪について、私たちの死について。

ひとつの寓話《ぐうわ》を聞かせよう。
今はもうない、あの蛇行する川のほとりでの少女たちの日々。
誰も知らないある物語を、
今、あなただけに。

第一部　ハルジョオン

彼女がこの夏の九日間を一緒に過ごそうと提案した時、私は新しく買った日記帳の名前を考えていた。

それは、今年二冊目の日記帳だった。新年から付けていた日記帳は、この春とっくに挫折《ざせつ》していたのだ。

別に新しい日記帳など買わず、中断したところから始めればよかったのだけれど、その頃の私は、『アンネの日記』を読んだばかりで、自分の日記帳に名前を付けて毎日語りかけるという思いつきに夢中だったのである。自分が名づけた友達と一からおつきあいを始めるのだから、新しい日記帳にしたいと思うのは当然ではないか。もちろん、今にしてみれば、なんとまあ気恥ずかしい、少女趣味な思いつきだと赤面してしまうが、あの時は自分一人の楽しい秘密を手にしたような、うしろめたくもわくわくした心地だったのだ。

あの頃流行《はや》っていた、鍵《かぎ》付きの小さな日記帳。きちんと調べたことはないけれど、クラスの女の子の何割かは、ああいう日記を付けていたはずだ。

交換日記を付けている子もいた。年に何回か、交換日記が流行るのだ。昼休みや放課後も、目の前にいるのだから話せば済むことを、飽きもせず黙々と、机を並べて可愛いノートの頁を埋めていた。

その気になればほんの一撃で壊してしまえる代物《しろもの》なのに、少女たちはあの小さく脆《ぜい》弱《じゃく》な鍵に、自分の秘密を託していた。誰かに読まれたら恥ずかしくて死んでしまう日記帳。けれど、本当は素敵な誰かに読まれたかった日記帳。彼女たちは、特別な誰かに読まれるところを想像しながら、その相手に向けて、ほんの少しだけ繕《つくろ》った自分の日常を綴《つづ》り、退屈な夜のひとときを過ごしていたのだ。そして、私も、あの日を境にそんな少女たちの仲間入りを果たすはずだった。

彼女が学校の階段の踊り場で私に話し掛けた時、彼女は私から逆光になる位置に立っていた。

彼女の長い髪と肩の輪郭が、踊り場の高い窓から差し込む光にきらきらと輝いていたのを覚えている。梅雨《つゆ》が明けたばかりの明るい初夏の午後で、お昼休みが終わって、私は友人と教室に戻る途中だったが、彼女は私を待ち構えていたかのようにスッと私の前に立ち塞《ふさ》がり、

「ねえ、毬子《まりこ》ちゃん、ちょっといいかな?」

と、あの凪《なぎ》みたいな声で、私に話し掛けたのだ。

その瞬間、私は奇妙な感慨に囚《とら》われたことを覚えている。

階段を登って彼女のところまで行くことが、何か特別なことに思えたし、彼女の顔が見えなかったことが、あとから振り返ると不思議な予兆にすら思えた。

明るい踊り場の闇の中で、私は声を掛けたのが彼女だと気付くのにちょっと遅れた。先に気付いたのは友人で、「毬子、先行ってるね」と気を遣ってくれた。

ほんの少し遅れて、私に話し掛けたのが彼女だと気付いた瞬間、たちまち全身がカッと熱くなったことを思い出す。

もちろん、それまでも、すれ違えば微笑《ほほえ》み、小さな会釈を交わしてはいたけれど、彼女が美術室以外で私の名を呼び、話し掛けてくれたのはその日が初めてだったのである。

「あたしたち、絵を仕上げなくちゃいけないわ」

彼女は、おもむろにそう言った。

「うちに来ない？　あなたと、芳野《よしの》と、二人の部屋を用意しておくわ。一緒に絵を描きましょうよ。あたしたちだけの合宿よ。両親は避暑に行っちゃうの。だから平気」

「香澄《かすみ》さんは一緒に避暑に行かなくていいんですか？」

「避暑地は年寄りばかりだもの。暑くてもみんなと絵を描いてる方がいいわ」

私たちは、野外音楽堂で行なわれる、夏の終わりの演劇祭の、大きな舞台背景を描くことになっていた。絵は私の唯一かつささやかな特技で、中等部時代から大道具係として背景を描くことに慣れていた私は、今年は高等部の晴れ舞台への協力を仰せつかったわけなのだ。実際のところ、作業は地味な肉体労働だ。大きな絵を描くというのは、巷《ちまた》で思われているほどロマンチックな仕事ではない。舞台に置いてサマになる絵を描くのは難しいし、えんえんと顔料を塗り続けるのは、骨が折れるし服も汚れる。

けれど、私はあの野外音楽堂に自分の絵を置いてみたかった。小さな天蓋《てんがい》の付いた石造りの音楽堂は、静かな川のほとりにあって、小さな森の中にひっそりと埋もれているところが好きだった。私はあの音楽堂を見ると、草むらの中に転がっている、蓋《ふた》が開いたままのオルゴールを連想した。

市の中心部を貫く川の支流は、あの辺《あた》りではゆったりとした弧を描いて流れていた。

小さな林が緑色に埋める川べりに、古い屋敷や公園や図書館が点在し、落ち着いた空気を醸《かも》し出していたし、どこか異国の絵本のような浮世離れした一角を出現させていた。

今でも時折、不意に、ふかふかしたクローバーの感触が足の裏に蘇《よみがえ》ることがある。ゆっくりと流れる川面《かわも》と同じ高さの小さな野原で、冷たい草の感触を裸足《はだし》で楽しみながら駆け回った日々。水辺には赤いヘビイチゴが火花のように生い茂り、遠い木の下ではかすかにブランコが揺れている。自分の背丈ほどもあるハルジョオンの繁みを掻《か》き分け掻き分けして、ふと何かに呼ばれたような気がして振り返ると、川面もブランコもヘビイチゴも、同じ黄昏《たそがれ》の色に染まっていた日々。あの場所は私にとって、子供の頃の記憶が詰め込まれた特別な場所なのだ。

彼女は「船着場のある家」とみんなが呼んでいる家に、高校入学と同時に引っ越してきた——そこは長らく空家だった。ある不幸な出来事のために、家も小さな船着場も長い間空っぽになっていたので、新たな住人は周囲からも歓迎された。朝夕川べりを散歩する市民にとっても、一日中真っ暗な窓を見るよりは、オレンジ色に輝く窓を見るほうがよっぽどいいに決まっている。

家の窓から明かりは漏れるようになったが、新たな住人は、ボートを浮かべる気はなさそうだった。それは賢明な方針だったかもしれない。この三日月湖のように見える支流は、本流から見ると遊水池のような立場にあって、一定量以上の大雨が降ると、突然流れが速くなり、あっというまに増水してしまうのである。岸に上げておいても、小さなボートなどはたちまちむしりとられ、木の葉のごとく砕かれてしまう。

「あたしたち、絵を仕上げなくちゃいけないわ」

彼女はもう一度繰り返した。まるで、自分に言い聞かせるような口調だったが、彼女の表情は相変わらず私の位置からは見えなかった。

私は彼女の言葉の意味を考えてみるべきだった。なぜあの時、彼女があの台詞《せりふ》を二度繰り返したのか、もし私に理解できていたのならば、あの九日間は別のものになっていたかもしれないのだ。

しかし、私は有頂天《うちょうてん》だった。

「いいんですか？　香澄さんたち、迷惑じゃないんですか？」

私はどきどきしながらそう答えた。声がかすかに上ずっていたと思う。

彼女は小さく笑った。

「まさか。あたしは好きな子じゃなけりゃ、絶対家になんか呼ばないわ。それに、背景のデザインをメインで考えてくれているのは毬子ちゃんじゃないの。あたしたちだけじゃ、作業できないもの。それに、うちの裏なら、大きな板を運びこんでもそのままにしておける。好きなだけ作業できるわ。放課後に細切れで描いてるだけじゃ、ちっとも進まないものね」

彼女は力強く答え、私の躊躇《ためらい》と遠慮を払拭《ふっしょく》してくれた。

好きな子じゃなけりゃ。頭の中では、その言葉だけが鐘のように明るく響いている。

彼女は手に持っていた手帳を開いた。カレンダーを見ているのだろう。

「毬子ちゃんの家では、お盆の頃はどこかにいらっしゃるの？　できればお盆過ぎから一週間くらいの日程で考えてるんだけど」

「いつもはおばあちゃんのところに行くんですけど、あたしが抜けたって、全然平気。親戚が集まって、みんなでお酒飲んでるだけなんだもの」

彼女は首をかしげて考える仕草をした。

「今夜、おうちに電話してもいいかしら？　おうちの方に相談してみてくれる？」

「ええ、もちろん」

彼女は私の自宅の電話番号を書きとめ、手帳を閉じた。

午後の授業のベルが鳴る。

私は上気した顔で会釈をして、階段を勢いよく登りながら、ちらりと彼女を振り返った。

彼女も私を振り返っていた——その時の会話で初めて見た彼女の顔は、それから長い間私の中に焼きついて消えなかった。

彼女はかすかに歯を見せて微笑んでいたが、私に微笑みかけているわけではなかった。私の顔も、踊り場の窓も突き抜けて、どこか高くて遠いところを見ていた。

安堵《あんど》と絶望。私はあの瞬間、彼女の表情を、そう感じたのだった。


「ふうん、毬子もあの二人のファンだったんだ」

真魚子《まおこ》は半ば非難するような目で、ちらっと私を見た。

広げたノートはそっちのけで、彼女は唇をつぼめて爪《つめ》を磨いている。彼女は最近、爪の手入れに凝《こ》っているのだ。さすがに目立つのでマニキュアはしないが、いつも薄くコーティング液だけ塗っている。

「真魚子は違うの？」

合宿に誘われたことをうきうきしながら打ち明けた私は、親友のドライな反応に面食らっていた。

「あたし、自分より綺麗《きれい》な女は好きじゃないもん」

「まおとは全然タイプが違うじゃないの」

私は苦笑しつつ、真魚子の綺麗な爪を見ていた。

初夏の放課後。開け放した窓から爽《さわ》やかな風が吹き込む。木々の梢《こずえ》が、青い風の色をして揺れる。

とりとめのないお喋《しゃべ》り。もっとも、憧れの上級生の誘いに興奮していた私が、帰り道を待ちきれずに真魚子を引き止め、一方的に話しこんでいたに過ぎないが。

自分より綺麗な女は好きじゃないと言い切るだけあって、真魚子は文句なしの美人である。しかも、本人が「あたし、今は不遇の時代なのよね。ただでさえ、女の子の方が成長早いんだもの。高校生じゃ釣り合う男が全然いなくって」と言ってのける通り、同じ高校一年とは思えないほど、見た目も中身も大人っぽい。

きめの細かい白い肌、吸い込まれそうに大きな茶色い瞳、顎《あご》のところで全部同じ長さにそろえたサラサラの髪。私が同世代の男の子だったら、彼女が髪をかきあげ、この色っぽい目でチラリと見ただけで、舞い上がって逃げ出してしまうだろう。

真魚子は爪やすりを振り上げたまま、呟《つぶや》いた。

「あの二人、セットでいると目立つのよね。ずるいよなあ、ただでさえ脅威な癖に、互いの美点を引き立てあっちゃってさ。出来すぎだよ、あの組み合わせ」

「爪やすりだけで、よくこんなに綺麗になるねえ」

思わず、振り上げた彼女の指に目が引き寄せられていた。

真珠色の、形の良い爪。

これがまた、うっとりするような綺麗な手なのだ。女の子の手とはかくあるべき、というような白くて細い華奢《きゃしゃ》な手。こんな手を持っている女の子は、どんな気持ちなのだろう。こんな手に触れることができる誰かは、なんと幸運なことだろう。

「毬子も磨いてあげようか。気分転換になるよ」

「いいよ、あたし、まおみたいに、手、綺麗じゃないもん。爪も真ん丸で子供みたいだし」

反射的に手を引っ込める私を、真魚子はいつも同じ目で見る。引っ込み思案の子供が、自分から外に出るのを待っている母親みたいな目。

私は、彼女のその目を恐れていたが、その目で見られることが快感でもあった。

そう、私だって知っている。

外は明るく、美しい色彩で溢《あふ》れている。その色彩を目にしたら最後、私は感嘆の声を上げ、家の中でぐずっていたことなど、たちまち忘れてしまう。

私だって、そのことを知らないわけではないのだ。

恐らく、私と真魚子が強く惹《ひ》かれあっていたのはそのせいだろう。他の女の子たちが、迷いながらもおずおずと外へのドアを出たり入ったりしていたのに比べ、真魚子は進んでさっさと外に出ることを選び、私は頑固にまだ外に出ないことを選んでいた。私たちは開いたドアの内と外で向かい合って立っているようなもので、互いの選択に軽蔑《けいべつ》にも似た憧憬《しょうけい》を抱いていたに違いない。だから、私たちは相手のいる場所に敬意を払いつつも、隙《すき》あらば相手を自分のところに引き込もうと、常に機会を窺《うかが》っていたのだ。

「九瀬《くぜ》香澄に斎藤芳野、か。あの二人も美術部なんだよね？」

真魚子は再び爪を磨き始めた。

「うん、香澄さんはとてもテクニックがあって上手なんだけど、絵は趣味みたい。芳野さんの方が天才肌で、美大に行くくらしいよ」

「ますます好かないよなあ。頭カラッポな美少女ならまだ許せるんだけど」

真魚子は綺麗な眉《まゆ》を顰《ひそ》めてフッと爪を吹いた。

「本当に嫌いなのね、まお」

いつになく突っかかる彼女に、私は少々鼻白んでみせた。

真魚子は、正面からこちらを見た。

「違うの、気に食わないの」

「どう違うのよ」

「分からない？　あたしが気に食わないのは、あの二人じゃないわ。あの二人があんたを誘ったこと」

「え」

思いがけない返事に戸惑う。

「そんなこと言ったたって、舞台背景が」

「それは多分、口実だよ」

言い訳口調になる私に対して、真魚子はきっぱりと答えた。

「口実？」

きょとんとしていると、真魚子は再びあの目で見た。

「あの二人って、二人だけで完結してない？　お互いがいれば満足って感じ。わざわざ自分たちの世界に、好きこのんで誰かを引き込むとは思えないな」

心をひんやりした指が撫《な》でていく。

二人の姿が、遠く目に浮かんだ。

「あんなに綺麗なのに、全然関心が外に向いてないの、ヘンだよ。大体、お年頃の可愛い女の子が二人でいるからには、自然と打算が働くもんだよ。互いの存在価値を高めるのに、相手を利用するのが当然。ウチのクラスの麻子《あさこ》と理絵《りえ》なんかそうでしょ。二人で歩いてるところなんか、いかにも、『見て見てあたしたち可愛いでしょ』って意識してるもんね」

「ああ、なるほど」

麻子と理絵は、クラスでも一番華やかなグループに属していて、その中でも抜きん出て可愛い二人だった。いつも一緒で、小柄な背格好も、タイプも似ている。誰かに話し掛けられれば、恥ずかしそうにひそひそと囁《ささや》き合ってはキャーッと笑い、かと思えば、そんなに親しくもない相手でも、ぴたっと寄り添ってきて、肩や腕に触れながら「ねえねえ」と内緒の話をしたがる女の子。どちらかといえばのんびり屋で、彼女たちの目配せの意味を正確に理解できない、些《いささ》か鈍い私にしてみれば、今いち距離が取りにくく、会話を成立させにくいタイプの女の子だ。彼女たちは自分の愛らしさを充分承知しており、いつも周囲の視線を意識した「可愛い自分」を演出している。実際、彼女たちの演出の評判は上々だ。二人は近所の男子校でも抜群の人気があって、誰それとつきあい始めたの、始めないの、という噂《うわさ》が途切れることがない。

それにしても、真魚子の辛辣《しんらつ》さに苦笑するのと同時に、その観察眼の鋭さにはいつもながら驚かされる。それも、言葉にされてからいつも、自分も漠然と感じていたことだったと初めて気付くのだ。

しかし、感心している場合ではなかった。私は真魚子の言葉の続きを待ったが、彼女はなかなか口を開こうとしない。

「じゃあ、どうして？」

待ちきれず、私は尋ねる。

真魚子はちょっとだけ困ったような顔になった。

「何か企《たくら》んでるのよ」

「何を？　それとあたしに何の関係があるの？」

「さあね。そこまでは分からないけど」

急に、ざわざわと落ち着かない気分になる。

心地好《よ》いはずの初夏の風が、陽射《ひざ》しが、不吉な色を帯びてきてしまう。たった今、窓の外を、何か黒い影がかすめていかなかっただろうか。

真魚子は爪やすりをしまい、強引に結論を出した。

「とにかく、あの二人が何の目的もなしに、あんたを家に呼ぶとは思えないな。気を付けなさいよ、毬子」

この日の興奮と不安は、予定通り私の新たな日記帳の一ページ目に書き込まれた。しかし、不安の方は夜の電話のベルの音と共に一瞬にして消え去ってしまい、結果として興奮ばかりがページを埋めることになったのだが。

終業式を終えて、古い校舎から明るい木漏《こも》れ日の中に出て行く時も、私は二人のことを考えていた。

頬《ほお》を熱っぽい漣《さざなみ》が滑っていく感触は、これから自分たちが自由な開かれた時間に放り出されることを実感させる。

彼女たちは、二人揃《そろ》って、前日、うちまで挨拶《あいさつ》に来てくれたのだ。

あのくすぐったさ、恥ずかしさ、晴れがましさをなんと形容すればよいのだろう。私は初めて、二人に挟まれて家に帰った。すっかり舞い上がっていて、何を話したか覚えていない。家族のこと、犬のこと、同級生のこと。つまらないことを、聞かれるままに答えるのが精一杯だった。

春には花吹雪《はなふぶき》で覆われる大きな桜並木の下を歩きながら、私は世界の中心にいるような気がした。濃い緑が、私たち三人の上に影を落として、不思議な一体感を与えてくれていた。木立の上には強烈な夏の太陽があるのに、私たちは緑の闇の底を歩いている。

私は、図書室の画集の中でみたマグリットの絵を思い浮かべていた。

二人は私よりも背が高かった。芳野さんはほんの少し高い程度だったけれど、香澄さんは私よりも十センチ近く高かった。二人ともすらっとしていて姿勢がいいので、私も自然と背筋を伸ばして歩いていた。

私の頭越しに囁かれる二人の声を、ステレオのように聞いているのは心地好かった。香澄さんの、低めでゆっくりした話し方、芳野さんのふわりとした柔らかい声。それは上品な音楽のように聞こえ、何かの暗号のようにも聞こえた。

なにしろ、二人はほんのちょっとの言葉で、相手の言っていることを理解してしまうのだ。それは例えばこんなふうに——

「月彦《つきひこ》は来るかしら」

「誘わなけりゃいいのよ」

「天邪鬼《あまのじゃく》だものね」

「ふふ。来るわよ。だって、ほら」

「ああ、そうか」

「天使よ」

「天使ね」

天使よ、天使ね。私は頭の中で繰り返してみた。しかし、私の声ではちっともさまにならない。芳野さんの歌うような響き、香澄さんの囁くようなリズムにはならない。

天使よ、天使ね。

「レコード持ってきてよ、パヴァーヌの入ってるの」

「今、萩野《はぎの》の友達のとこ」

「取り返せる?」

「たぶんね。だいじょうぶ、取りに行くわ」

「萩野の彼?」

「まあね。あたしも知ってる人だから」

「ブレルもよろしく」

「分かってるってば」

二人の声を聞きながら、私はぼんやりと並木道の出口を見ていた。ぽっかりと遠くに開けた、明るい場所。そこは、真っ白で何も見えなかった。私はあそこに何を見ていたのだろう。未来か、過去か。有頂天だけれど、子供のように怯《おび》えている自分の姿か——そう、それから数十分後、私は自分の家の玄関で、むしろ小さくなって母を見ていた。最初は、二人を引き連れて家に帰ったのが誇らしかったはずなのに、玄関のたたきに立って母を見た瞬間、この二人に挟まれた娘を見る母に、同情する気持ちの方が強くなってしまったのである。

見て、この人たちを。私の先輩なの。同じ学校の、私の先輩なのよ。こんなに素敵な人たちと私は夏を過ごすの。だけど、私はあと二年経ってもこんなふうにはなれない。

まさか、お母さんだってそんなことは期待していないと思うけど。あたしだけじゃないの、誰だってこんなふうにはなれない。みんながみんな、こんなふうになれると思ったら大間違い。だって、この人たちは、こんなに特別で、こんなに凄《すご》いんだもの。ねえ、だけどこの私が、二人と夏を過ごすの。私、招待されたんだから。別に、私が無理してお願いしたわけじゃないのよ。

私は頭の中でそんな言い訳をしていたような気がする。二人が母に頭を下げ、きちんと連絡も入れます、責任持ちます、毬子さんがいなければ、舞台ができないんです、と重々しく申し入れ、挨拶をするのを、私は困ったような顔で聞いていたはずだ。

んまあ、なんてしっかりした、大人っぽい娘さんたちなの。しかも、二人とも凄い美人じゃないの。母が興奮した声で言った。ありがたいことに、母は自分の娘と比較するどころではなく、二人を観察することの方で忙しかったらしい。

でも、あの背が高い方の娘さん、どこかで見たような な——

母はそう言って首をかしげた。

まさか、とテーブルの上のクッキーをつまみながら私は笑った。香澄さんは、東京から越してきて、高等部に編入したんだよ。誰かと見間違えたんじゃない？　アイドル歌手のM・Sに似てるって言う人もいるよ、香澄さんの方がずっとノーブルだけど。

ああ、そうね。M・Sに似てるわね、ほんとに。そうか、そのせいか。髪型も一緒だものね。母はしきりに頷《うなず》いている。

似てないよ、と私は心の中で呟く。

M・Sなんかよりも彼女の方がずっと綺麗だ。

どんなに綺麗な女の子でも、アイドルは、アイドルになった時点で、もう汚されている。大勢の見知らぬ男の子のために笑うことを承知するなんて、どうしてそんなことに彼女たちは耐えられるのだろう。侮辱《ぶじょく》だとは思わないのだろうか。香澄さんは、決してアイドルになんかならないだろう。それでお金を貰《もら》おうなんて、好きでもない誰かの歓心を買おうなんて、これっぽっちも考えないに違いないのだ。

私は怒りにも似た苛立《いらだ》ちを覚えた。

誰にも分からない。あの二人の美しさは。お母さんだって、真魚子だって。

私はそう頭の中で繰り返しながら、昨日と同じ緑の闇の底を、一人で足早に歩いていた。

桜にしてはかなりの巨木が続く並木道は、空が遠く、木漏れ日も遠い。学校を出た時は熱の漣のようであった光は、今やひんやりとした青い斑点《はんてん》となって、夏服の白い袖《そで》や、剝《む》き出しの腕の上を走っていた。

ぽっかりと開けた出口。そこには大きな交差点があって、繁華街や駅へと分かれる通りに出る。いつも並木を抜ける度に、学校という世界から現実世界へ戻ってきたという感じがする。

白い夏の世界に戻った私は、誰かがそこに立っていることに気付いた。

全てが強い陽射しに溶けている中で、彼だけ輪郭がはっきりしていた。

白い開襟《かいきん》シャツに、黒のズボン。どこの制服だろう。

広い肩の上には、気が強そうで、研いだナイフのような顔が載っていた。髪は坊主に近いほど潔く刈り上げている。

私はちらりと後ろを振り向いた。彼は、待っていた誰かが来たかのように身体を起こしたのだが、私の後ろにその待ち人がいるのだと思ったのだ。しかし、後ろには誰もいなかったので、私は怪訝《けげん》そうな顔のまま通り過ぎようとした。

「あんた、蓮見《はすみ》毬子？」

私はぎょっとして立ち止まった。

図らずも、彼のまん前で立ち止まってしまったので、振り返ると真正面から顔を見合わせる羽目になる。

全く何の躊躇も見せずにこちらを見る目と鉢合わせをして、私は思わず後退《あとずさ》ってしまった。

誰？　知らない、この人。

あまりにびっくりしたので、何の返事もできない。反射的に、学生カバンを胸に抱いて、しがみつくような形になる。胸の名札を隠そうとしたというのもあった。しかし、返事をせずに立ち止まって相手の顔を見ていたことで、本人だと認めてしまったのだと気付く。

「ふうん」

少年は、たじろぐ気配もなく、じろじろと臆面《おくめん》もなく私の顔を見ている。私は、たちまち顔に血が昇るのを感じた。今や、真っ赤になっているのは確実である。

「あ、あの」

私はようやくそう呟いたが、あとが続かなかった。

「九瀬に近付くのはよせよ」

突然、少年はそう言った。見た目と同様、すぱっとナイフで切ったような口調である。

「え?」

私は、とっさに何を言われたのか分からなかった。

「あんたは、あいつに似合わない。あいつにかないっこないよ。あいつの家に行くのはやめた方がいい。あんたじゃ無理だよ」

「何を」

たちまち別の血が頭に昇ってきた。

怒りと当惑、そして屈辱。

「あなた、なんでそんなこと」

私の大混乱にも、彼は全くお構いなしだった。

「九瀬に関わるのはよせ」

彼は念を押すようにそう言った。

私は、いつのまにか震えていた。一言も言い返せず、こうして震えているだけなんて。どくどくとこめかみが波打ち、顔は熱く、いつしか涙まで込み上げていた。喉《のど》がカラカラだ。悔しくて、悲しくて、惨めでたまらないのに、言葉はちっとも出てこない。

少年は、じっと私を見つめていた。自分の言葉を後悔する気配も、私が動揺していることに心を動かす様子も、ひとかけらもない。

私は、震えながらちょっとよろけた。

よろけて足が動いたせいで、ここから立ち去ればいいのだと、唐突に身体が思い出した。

私はくるりと少年に背を向け、一度も振り返らずにそこを逃げ出した。いったん駆け出すとどんどん速くなり、やがては一目散に走り続けていた。

夏の太陽に照らされた白い世界が、風景が、楕円形《だえんけい》の線になって後ろに飛んでいく。走って、走って、全身が汗まみれになって、心臓が悲鳴を上げるまで走った。

気が付くと、お城を囲む公園まで来ていた。誰にも顔を見られたくなくて、空に大きく枝を伸ばした欅《けやき》のひんやりした木陰に入り、黒っぽい幹にもたれかかる。帽子をかぶった中年女性観光客のグループが、のどかな歓声を上げながらゆったりと通り過ぎていく。

まあ、可愛らしいお城ねえ。

ほら、本当に真っ黒。

青空にくっきり浮かんで凜々《りり》しいわね。

こぢんまりしてて、天守閣に手が届きそう。

ねええ。

顔を上げると、鋭い木漏れ日が顔を打った。目に、とめどなく流れる汗が染みてくる。汗なのか涙なのか分からないものが頰を伝い、全身を熱くて嫌なものが駆け巡っていた。

私は暫《しばら》く呼吸を整えていたが、やがてのろのろと水飲み場に向かい、身体を折って長い間顔を洗った。薄い木綿のハンカチがびしゃびしゃになる。

あんたは、あいつに似合わない。あんたじゃ無理だよ。

突然、少年の言葉がくっきりと蘇り、胸の奥を刺した。

どうして。どうしてあんなことを言われなきゃならないの。

また悔し涙が滲《にじ》んできた。

あのナイフのような目が、振り払っても振り払っても離れない。

あてどもなく公園の中を歩き回っているうちに、汗が引いてきて体温が下がっていくのを感じる。太陽の庇護《ひご》下にある世界と、私の内側との温度差が開いていく。いつのまにか立ち止まって、透明な扇を広げたような噴水の水が、きらきらと輝くのをぼんやり眺めていた。

いったい誰だったんだろう？

少しずつ冷静さを取り戻し、少年の顔を思い浮かべる。胸ポケットに校章は付いていただろうか？　学年を示すバッジは？　少なくとも、近所の男子校の生徒ではないから、わざわざどこかからやってきて、私が下校するのを待っていたということになる。

九瀬に関わるのはよせ。

つまり、彼は香澄さんのことをよく知っているのだ。私が香澄さんの家に呼ばれていることも。しかも、彼は私の顔まで知っていた。

香澄さんの恋人？

そう考えてから、すぐに「まさか」と打ち消した。真魚子の言葉ではないけれど、彼女が男の子とつきあっているところは想像できなかった。彼女と芳野さんの世界に、男の子の入り込む余地などない。いや、あってはならない。ましてや、あんなギラギラしてストレートな、どこか稚《おさ》なく危なっかしいものを抱えた男の子など、それこそ彼女には似つかわしくない。

むかむかと純粋な怒りが湧いてきた。

何の根拠があって、あんなふうに断定するのだろう。私のことなど何も知らないくせに。そういう自分はどうなのだ？　自分は彼女と釣り合うとでも？

不意に、疲労を感じた。

こんなふうに、人生は過ぎていく。

木漏れ日に、噴水の粒に、私は何かを悟っていた。

有頂天になっていると、見ていた誰かに突き落とされる。素晴らしいことに胸を躍らせていると、必ず誰かが「そんなつまらないもの」と囁く。そうして、背伸びをしてはうずくまり、手を伸ばしては引っ込めて、少しずつ何かをあきらめ、何かがちょっとずつ冷えて固まってゆき、私は大人という生き物に変わっていく。

こんなふうに、些かケチを付けられたようではあったが、静かに夏休みが始まった。拭《ぬぐ》い去ることのできなかった少年の目と言葉も、日記帳に封じ込めてしまえば過去のものになった。なるほど、日記帳とはこういう効用があるのだ。

夏休みが始まった頃は、いつも目の前に無尽蔵な時間があるような錯覚に陥る。

庭に干した布団の、乾いたお日さまの匂い。これから何にでも使えるはずのカレンダーの余白。まだ開かれぬ白いページ。これからできること、したいことの幸福な予感でいっぱいだ。それが幻想であると、あとひと月もすれば思い知らされるのに、毎年同じ幸福感で満たされるのだから、人間とは、なんて単純で進歩のない生き物なのだろう。夏休みの入口が幸せなのは、何かができるからではなく、何かができるはずの時間があると信じられるからなのだ。

夏の洗濯は好きだ。庭いっぱいに干し終えた、家族全員のシーツが行儀よく並んでいるのを見ていると、ささやかな満足感に満たされる。シーツのカーテンの間に小さな椅子を置いて腰掛け、バケツの中でガラガラと運動靴や白い上靴を洗う。思わず無心になって、古い歯ブラシで上靴の汚れを取ることに熱中している時間は、夏休みの最上のひとときだ。泡の下の真っ黒になった水が、なぜか嬉しい。

その時、不意に太陽が雲に隠れ、近くで寝そべっていたトトが唸った。

私は反射的に顔を上げ、空を見た。

一瞬にして、世界が色を失う。

突然、殺気に似たものを背後に感じた。

シーツの林を通して、誰かがこちらを見ている。それも、異様な何かが。

動けなくなった。私の後ろの何かを見ているトトの黒い目に、小さく凍りついた私が映っている。

何だろう、この感覚は。

胸の鼓動が速くなり、背中がちりちりと熱くなる。

全身に冷や汗が噴き出してきた。

誰かがあたしを見ている。すぐ近くで。それがなぜこんなに怖いのだろう。

トトが立ち上がり、低く不穏な声で吠《ほ》えた。

雲が切れて、サッと眩《まばゆ》い光が注ぐ。その機会を逃さず、私は振り向いた。

シーツが、吹き抜ける風に折り重なって揺れた。

誰かの手の影が、シーツ越しに見え、心臓が止まりそうになった。

が、その影はサッと引っ込められ、すぐに消えた。

次の瞬間、私は異様なものを見た。

灰色の仮面。

息が止まりそうになった。頭が混乱している。なぜ、夏の午後のうちの庭の、干したシーツの細い隙間に仮面があるのだろう?

仮面は、笑顔だった。細い目と口が、いびつな笑みを浮かべている。

声にならない悲鳴を上げ、私は立ち上がっていた。足元のバケツを思い切り蹴飛《けと》ばしてしまう。

同時に、仮面もサッと消えた。

トトがシーツの下をくぐり、首をぎくしゃくと振りながら、低い生け垣に向かって噛《か》み付きそうに吠えたてた。

暫くその場で凍り付いていたが、私はようやくシーツを掻き分けて生け垣の向こうの狭い路地を見た。遠くに走っていく少年が見える。華奢な身体つき、肩に届きそうな長めの髪。

あの子が？

私は目を凝らしてその背中を記憶にとどめようとした。

まさか、この間の、終業式の日に会った子では？

そう思いついたが、髪型も背格好も全然違う。

トトが神経質にぐるぐると庭を歩き回っている。

ようやく、全身の力を抜いて、かすかに震えながら大きく深呼吸した。

まだ混乱は続いている。

まぼろしでも見たのかしら。でも、トトも反応していた。

シーツが、風に大きくはためいている。何事もなかったかのように、エネルギッシュな青空が見下ろしている。だが、さっき、この色彩を切り裂いて現れた白黒画面のような光景は、私の中からなかなか抜けていかなかった。

あたしは何を見たんだろう。

ふと、足元を見ると、バケツから流れ出した黒い水が、ちょろちょろと芝生に染み込んでいき、サンダル履きの爪先を濡《ぬ》らしていた。


何かがちぐはぐな夏だった。少し離れたところで、私の知らない何かが、どこかに向けてゆっくりと進行しているような気がした。

毎日は、あくまでも平和に過ぎていった。冷たいお菓子を作ったり、本を読んだり、たまには勉強をしたり、そして背景のデザインを考えたりして、私にとっての正しい夏休みが眠たげに消化されていく。だが、そのちぐはぐさや、何かを先送りにして偽りの平穏を送っているという強迫観念は、日に日に私の中で成長していた。理由のない不安や、突然訪れる憂鬱《ゆううつ》な気持ちが、時折私の動きを完全に止めてしまう。

そして、七月も終わりを迎えた日、映画館の前で真魚子と待ち合わせた私は、そこに二人の男の子がいるのを見て完全に困惑していた。

「いいじゃないの、一緒に映画見て、お茶飲むだけよ。あたしたち二人でもやることは同じでしょ。二人が四人になっただけのことじゃない」

聞いてないよ、と小声で彼女に訴えると、真魚子は平然と答えた。

　だが、眼鏡を掛けた、賢そうで背の高い男の子とにこっと顔を見合わせて映画館に入っていく彼女を見た瞬間、これが彼女の計画的犯行であることが分かった。私服の彼女は、ノースリーブにスタンドカラーの黒いブラウスに、白のスカートで、見た目は大学生みたいに大人っぽかった。彼女のスカートが白く揺れるのを見て、ふと、風に揺れるシーツを連想していた。

「まんまと二人のダシにされたみたいだね」

　呆《あき》れ顔で彼女を見送っていると、隣で、静かな声がした。

　私はぎょっとして声のする方を見た。すっかりもう一人の少年の存在を忘れていたのだ。

　しかし、次の瞬間、私はまじまじと、白いTシャツの上にブルーのシャツを着た少年の顔を見つめていた。

　女の子みたい。ううん、女の子より綺麗だわ。

　私は、挨拶も忘れて少年の顔に見入っていたが、恐る恐る尋ねた。

「あなた、真魚子の親戚——じゃないよね？」

「友達だけど、赤の他人。僕は清人《きよと》にくっついてきただけ。真魚子さんて、色っぽいよね。同い年だとは思えないや。清人、彼女に夢中。無理もないけど」

　しかし、少年は、真魚子の弟だと言われても頷いてしまいそうなほど、彼女と雰囲気が似た顔をしていた。華奢で、背格好も私と同じくらい。私よりもよほど上品で、肌も綺麗だ。声も柔らかくて、涼やかである。そのせいで、私は勘違いをしたのだ――彼の持つ中性的な雰囲気と、真魚子に似た風貌《ふうぼう》で、すっかり寛《くつろ》いでしまったのだった。

「君は毬子さんでしょ。真魚子さんがよく話してた」

映画館に入り、席を探しながら私たちはぼそぼそと話をした。真魚子とその彼は、とっくに二人で席に着いて話し込んでいる。サスペンス映画とラブコメディの二本立ての席は、約半分が埋まっていた。

「どうせ、ろくな話じゃないでしょう」

「仲良しなんだね、二人って」

「正反対のタイプだからよ」

少年は、男の子が苦手な私でも、とても話しやすかった。正直なところ、綺麗な女の子と話しているようなつもりだったし、彼も女の子とそういう雰囲気で話すことに慣れているようだった。女の子のきょうだいでもいるのだろうか。

「あなたの名前を聞いてもいい？」

「志摩暁臣」

我ながら、とても男の子と話しているとは思えぬ気軽さで尋ねていた。

「しまあきおみ？」

「志摩半島の志摩に、あかつきに、家臣の臣」

「かっこいい名前ね」

「名前負けでしょう。名前だけ聞くと、すごく逞《たくま》しい男みたいじゃない？」

「あはは」

思わず笑ってしまった。

「それ、笑いすぎ」

「ごめんなさい。どこの学校？」

「F高」

少年は、市の南西部にある、私立の名門校の名を答えた。

「まあ。頭いいのね。真魚子はどこで彼と知り合ったの？」

「それはよく知らない。誰かの紹介とか言ってたような気がする」

「ふうん。さすがだなあ、真魚子。しっかり似合いの彼を見つけて」

私が感心していると、暁臣がクスッと笑った。

「面白いねえ、毬子さんて」

「え？」

彼はスッと肩を寄せて大きな目で私の顔を覗《のぞ》き込んだ。それでも、嫌な感じや圧迫感はなく、自然だった。睫毛《まつげ》の長さに見とれる。

「一応、これってダブルデートだと思うんだけど。僕ってそんなに男っぽくない？なんだか、僕たち、友達が彼氏とうまくいってるか覗きに来た女友達みたいじゃん」

あまりにも当たっていたので、私は一瞬返事に詰まった。

彼がじっと返事を待っている表情なので、しどろもどろになって答える。

「ええと——だって、あなた、女の子より綺麗なんだもの。なんとなく真魚子に顔も似てるし、声も綺麗だし、仲良しの女の子が一人増えたみたいで」

ほんの一瞬、彼の大きな茶色の目が真顔になったような気がした。

怒ったのだろうか、と思ったとたん、彼は、ハハハと朗らかに笑った。

「仲良しの女の子かあ。やっぱ面白いよ」

彼は椅子に座り直し、背もたれに寄りかかった。

「——だから月彦も」

「え？」

私は反射的に耳をそばだてていた。どこかで聞いた名前。

彼は笑みを消して、再び私の顔を見た。

「このあいだ、月彦が失礼なこと言ったでしょう。ごめんね」

すぐには意味が分からなかった。

「ツキヒコ？」

「貴島《きじま》月彦だよ。終業式の日に、毬子さんに会いに行かなかった?」

突然、悪寒にも似た感覚が蘇った。並木道の向こうに立っていた少年。

ナイフのような二つの目。

得体の知れない不安、ちぐはぐな不安が背中に広がっていく。

「なぜ知ってるの」

「月彦は、一歳上だけど、幼馴染《おさなな じ》みなんだ」

不安は背中いっぱいに広がる。指先から、椅子へと伝わっていく。今、私の手からは、椅子から床へと不安が流れ出しているのだ。

「あの人と、香澄さんはどういう関係なの?」

やっとそう尋ねることができた。

「香澄さん?」

「九瀬香澄さんよ」

「ああ、彼女ね。月彦のいとこだよ」

「いとこ」

私はぼんやりと繰り返していた。

香澄さんのいとこ。そうか、親戚だったのか。

「あの人があたしに何て言ったか知ってるのね?」

暁臣は小さく頷いた。

「どうしてあんなことを?」

暁臣は、バツの悪そうな顔になった。

「僕が毬子さんに話したってこと、誰にも内緒にしといてよ。いい?」

私はこっくりと頷いた。

「月彦は否定してるけど、小さい頃から香澄さんのこと、崇拝してる。大好きなんだ。本人は絶対認めないけどね」

「なるほど」

あんなに美しい、完璧《かんぺき》ないとこがいれば無理もない。

「月彦も、毎年夏になると香澄さんの家に遊びに行くんだ。僕も連れていってもらったことがあるけど、他の人がいると、凄く機嫌が悪くなる。本当は、独占したいんだよ」

「でしょうね。香澄さんは、そのこと気付いてるの?」

「と思うよ。でも、あの人、凄く頭いいし、絶対、自分の考えてること他人に見せないでしょう? だから、彼女がどう思ってるかは誰にも分からないけどね。月彦は、自分が香澄さんのこと好きだって認めてないから、彼女も答える必要ないし」

「ふうん」

「ごめんね。あいつ、ぶっきらぼうだし、説明とかしないから、言葉きついでしょう」

「うん。きつかった。ちょっと泣いちゃった」

「ごめんね、ごめんね」

暁臣はしきりに謝ったが、私はむしろ腑《ふ》に落ちた感じがあって、すっきりした。

あの少年も、私も、たいしてポジションは変わらない。彼女から見て、同じような存在に過ぎないのだ。そう考えると、あのとげとげしい少年の態度も、健気《けなげ》で哀れに思えてきてしまうのだから、心は不思議である。

「でも、行くでしょう？　毬子さん」

暁臣は心配そうに、上目遣いに私を見た。こっくりと頷き返す。

「ええ。だって、大道具を完成させなきゃならないし」

「そうだよね」

暁臣は、なぜか安堵の表情を見せた。

「別にあなたが謝ることないじゃない。あなたのせいじゃないし、もうあたしも怒ってないよ」

「本当に？」

「うん」

「僕も行くよ、今年は。月彦に連れていってもらう」

「あなたはついていっても、彼に邪魔にされないの？」

「うん。あいつ、僕のことは、ライバルに勘定してないんだよ。毬子さんのことは勘定するくせにね。僕って何？　だよね」

私はまたクスリと笑ってしまった。暁臣のバランス感覚のよさ、自分を笑ってしまえる冷静さが好ましかったのだ。こんなに綺麗なのに、気取ったところや、神経質なところがまるでないところにも感心した。

「約束だよ。香澄さんの家で、また会おうね」

「うん」

彼は自然な仕草で小指を差し出した。私も自然と小指を出して無邪気に指切りをした。しかし、この他愛のない約束が、やがては大きく自分の身にのしかかってこようとは、この時の私は夢にも思わなかった。

子供の頃から映画を見ていて疑問に思うものに、ラブシーンがある。

かつては、無駄で退屈でくだらないシーンにしか思えなかった。またか。またあんなことをするのか。なぜ大人の映画には、必ずこのシーンが入っているのだろう？　しかも、大人はみんなこのシーンが好きらしいし、必要だと思っているようなのだ。

小説を読んでいてもそうだった。少しずつ大人の読む本に手を伸ばすようになって、そこでもこのシーンに出くわす。やれやれ、またこれか。これがあらすじに関係あるの？　どうしていつもこんなシーンが必要なの？　いやらしい。こんなことばかり書かなくたっていいじゃないの。こんなのが読者へのサービスになるの？　大人って、本当にこんなことばかりしているの？

けれど、この日初めて、私はラブシーンが自然なものとして受け入れられた。観た映画のタイトルはたちまち忘れてしまったけれど、初めて自分がラブシーンに納得し、人間の営みの流れの上にあることを理解したことだけは、よく覚えている。

その理由は、自分でも分からない。前に見えている真魚子とその彼の頭のせいだったのか。今隣に、とても自然な男友達を得たという驚きのせいだったのか。

映画の感想を言いながら四人で喫茶店に入り、何時間も和気藹々《あいあい》とお喋《しゃべ》りをして、帰りに真魚子と二人になった時、真魚子は意外そうな顔と、心配そうな顔の混ざった表情で私を見た。

「毬子、随分彼と気が合ってたみたいじゃない？　驚いたわ。すっかり仲良しじゃん」

「だって、あの子、真魚子に似てない？　すっごい綺麗だから見とれちゃった。肌なんか、ほんのりピンク色で、すべすべなんだもん」

「毬子、『気が合う』って言葉の意味がずれてるんだけど。まあ、あの子、志摩くんだっけ、確かにすごい美少年だけど、ちょっと不思議な子よね。本気なのか冗談なのか分

だ。

そう、真魚子は、私に恋人ができるのが嫌なのだ。私には、扉の内側にいてほしいの

真魚子は呆れた顔と、安堵した顔で答えた。

からないところがあって」

「でもね、毬子」

真魚子は、ちょっと意地悪そうな声を出した。

「このダブルデート言い出したの、志摩くんなんだよ」

「えっ?」

なぜか私はぎくっとした。

「元々は、あたしたち二人で映画観る予定だったんだもん。彼がその話をしたら、志摩くんが、是非蓮見毬子さんと話したいから連れてきてくれ、四人にしてくれって頼んだんだって」

「嘘《うそ》。そんなそぶりは全然なかったよ」

「志摩くん、ポーカーフェイスだもんね。でも、毬子のこと、前から知ってたみたいだよ。きっと、密かに毬子のことが好きだったんだよ。うん、そうだな、毬子にはああいう中性的な、あまり男っぽくない子の方がいいのかも」

話しているうちにそんな気がしてきたらしく、真魚子は一人で頷いている。

夏の太陽が、ゆっくりと傾いていく。

また、どこかから、あのちぐはぐな感覚が戻ってきた。

白いシーツが揺れ、世界が色を失う。庭をぐるぐると回るトト。芝生に染み込んでいった黒い水。

違う。そうではない。

心のどこかでそんな声がした。

そうではないのだ。彼は、別にあたしとデートがしたかったわけじゃない。だけど、あたしと話をする必要があったのだ。心の中の冷静な部分が、そう確信していた。

何かが動いている。私の知らないところで。

私はかすかに顔を歪《ゆが》めて、オレンジ色の夕陽を見た。

白黒の画面。笑っている仮面。

そして、きっと私は、じわじわとどこかに追い詰められようとしているのだ。


根拠のない不安をよそに、暁臣は、何の違和感もなくするりと私の生活に入りこんできた。

「県立美術館にマチスが来てるよ。毬子さん、マチス、好きでしょう。一緒に行こうよ」

映画を観てから一週間後に、彼から電話が掛かってきても、不思議と驚きはなかったし、ちっとも嫌ではなかった。

家まで迎えに来た彼は、実にスマートで自然だった。「毬子さんのお母さんに」と、にっこり笑って小さなガーベラの花束を渡された母は、一瞬にして彼に籠絡《ろうらく》され、五分後には「暁臣くん」「暁臣くん」と自分の知り合いのように名前を呼んでいた。驚くべきことに、年の割にはひねた皮肉屋である弟ですら、彼が手に持っていた、私にはおよそ興味の持てないハードロックのレコードに話を振られると、いきいきと顔を紅潮させて暁臣とお喋りを始めたものだから、私の方があっけにとられたほどだ。

短い訪問の間に、彼は何年も前からうちに出入りしているかのように、たちまち家族と馴染んでしまった。そんなわけで、私たち二人は、家族から温かく手を振って送り出されたのである。

二人で歩いていても、不思議と緊張しなかった。

自分が男の子と並んで歩いているところなど、これまで想像もしなかったが、暁臣と歩きながらお喋りをしているのは楽しかった。彼は、女の子の気持ちがよく分かっていたし、私が言葉を探していると、先回りして言ってしまうこともよくあった。

「ねえ、どうしてそんなに女の子の気持ちが分かるの？　女のきょうだいがいるんでしょう？」

私が不思議そうに聞くと、彼は、小さく笑った。

「いないよ」

「嘘。信じられないなあ」

「でも、女の子の友達は小さい頃から多かったよ。全然違和感なかった」

「そうでしょうね。きっと、小さい時から、周りの女の子よりも可愛かったでしょ？」

暁臣は、ちょっとだけ困ったように笑った。

「ねえ、毬子さん、女の子より綺麗とか可愛いとか言われるのって、男のほうからしてみれば、ちっとも嬉しくないよ。どちらかといえば、屈辱的かも」

不満の響きを感じ取り、私はハッとした。

あんたは、あいつに似合わない。

少年の声が脳裏に響き、震えるような屈辱が蘇ってくる。

私は、暁臣にあんな気分を味わわせていたのだろうか。楽しい気持ちが、あっけなくしぼんだ。単に、綺麗な友達が出来て、はしゃいでいるだけの自分が、急にみっともなく、情けなく思えてくる。

「ごめんなさい、そんなつもりじゃなかったの。嫌だった？　ごめんなさい」

消え入りそうな声で言うと、暁臣はびっくりしたような顔になり、ちょっと慌てた。

「いいんだよ、毬子さんだったら。そんな悲しい顔しないでよ」

「悪かったわ。きっと、何度もこういう目に遭ってるんでしょう？　クラスにあなたみたいな男の子がいたら、みんな大騒ぎだと思うな」

「うん。昔っから、女の子のおもちゃみたいだったから、ちょっとうんざり」

「ごめんね。あたし、本当に、一人も男の子の友達がいなかったから、嬉しくって」

「男の子とつきあったことないの？」

「うん。あなたの幼馴染みの月彦さん、だっけ？　考えてみると、あたしの中の男の子ってああいうイメージなの。なんだかごつごつしてて、おっかなくて、いきなり変な方向からゴツンとぶつかってくる、みたいな」

「ああ。月彦ね」

頷いてから、暁臣は噴き出した。

「ごつごつしてて、いきなりぶつかってくる、か。あはは、うまいなあ。あいつ、その通りだよ」

「だから、あなたみたいな男の子がいるって知って、びっくりして、嬉しくて」

「うんうん、分かった。もういいよ」

暁臣は、単に私が美術部だから誘ったわけではなく、彼自身も絵が好きで詳しかった。彼は、ブラックやモンドリアンなどの、二十世紀前半の抽象画が好きだと言った。

「クレーなんかは？」

「嫌いじゃないけど、ちょっと淋《さび》しいじゃない」

「ふうん。好きそうだと思ったのに」

「僕は、壊れてて、パワーがあるのが好きだな。画面の中で、気持ち悪いくらいぐちゃぐちゃにエネルギーが飛び回ってるようなのが」

「へえー」

美術館の静寂。窓越しの雲。

高い天井の下のソファで、私たちは飽きもせず他愛のない話に興じていた。

ゆるやかに過ぎる季節。

彼は、翌週も、家にやってきた。むろん、母や弟は大歓迎だ。

部屋で一緒にレコードを聞くことを弟に約束してから、彼は庭にやってきた。

「狭いけど、結構気持ちいい庭でしょう。そっちでケーキ食べようよ」

私が庭の隅にあるテーブルを指差すと、彼は、つかのま無表情になって、おもむろに足を止めた。

緊張が走ったような気がして、私は彼の視線の先を見た。

トトが、じっと彼を見ていた。

唸り声すら上げないものの、全身に警戒心を漲《みなぎ》らせている。

ふと、脳裏に灰色の仮面が過《よ》ぎった。

「トト?」

私は愛犬に声を掛けた。

「トト? へえ、トトっていうんだ。『オズの魔法使い』からとったの?」

暁臣は破顔一笑し、トトの方にさっと歩いていった。

トトはほんの少し後退りをし、躊躇《ちゅうちょ》したが、やがて大きく尻尾を振って甘え出した。

「よしよし。可愛いね」

「よく分かったわね。ジュディ・ガーランドの映画をTVで観た翌日に、うちに来たの」

「ドロシーの飼い犬の名前だよね」

揺れるシーツ。

私はぼんやりとトトを見下ろした。

真っ黒な眼球に、小さな暁臣の姿が映っている。


「ああ、あの家なの。いろいろあったけど、いい人に住んでもらえてよかったわね」

早めの夕食を摂りながら、香澄さんの家に合宿に行くという話になった。暁臣は、すっかり食卓にも溶け込んでいる。父はいつも仕事で遅いので、ここにはいない。

「船着場のある家」と言った時、母はふと何かを思い出したような顔でそう言ったのだ。

「ねえ、いろいろあったって、何？　みんな、あの家の話になるとそう言うんだけど」

弟が不満そうな声を上げた。

母は苦笑した。

「あんたはまだ小さかったからね。ずっと前に、不幸な事故が重なった時があったのよ。あの家に住んでいた人が亡くなってね。偶然、同じ日に、やっぱり事故で、近くで小さな女の子が亡くなって。それで、あの家に住んでいた人はあそこを引き払ってしまったの」

「ふうん。それで長いこと空家だったんだ」

弟は、納得したように頷いた。

船着場のある家。ゆったりと流れる川のほとり。黄昏に揺れるハルジョオン。

頭の中を、ぼんやりと遠い景色が流れていく。

「僕も、香澄さんちに、大道具の手伝いに行くんですよ。ね、毬子さん」

暁臣が無邪気に笑いかけた。

私も笑みを返す。

「暁臣くんは、香澄さんのいとこの友達だもんね」

「あの綺麗なお嬢さんね。ええと、苗字はなんていったかしら？」

「九瀬さん」

「九瀬さん――」

母は、また考え込む表情になった。

「やっぱり違うわね。記憶違いだわ」

「何が？」

「ううん、なんでもない。ほら、こないだ、どこかで見たことがあるって言ってたでしょう。なんだか気になって」

母は笑いながら首を振った。

「香澄さん、目立つから、どこかで見かけてたんじゃないですか？」

暁臣がはきはきと言った。

「そうね。あれだけ綺麗な人ですものね」

「毬子も見習いなよ」

「うるさいわね」

憎まれ口を叩《たた》く弟を睨《にら》みつけながら、私は母の奇妙な表情が気になっていた。

が、母はにっこり笑って親しげに暁臣を見た。

「暁臣くんも一緒なら、安心ね。毬子はのんびり屋だから、よろしく頼むわね」

「任せてください」

いつのまにか、母と暁臣は、共犯者の顔で微笑み合っている。

揺れるハルジョオン。黄昏の光。

私は、楽しげに喋っている二人の顔を見ながら、ぼんやりと川のほとりを飛び交う羽虫を思い浮かべていた。

そして、気が付くと、私はその家の前に立っていた。

永遠に来ないと思っていた日なのに、もう現実にその日を迎えていて、こうしてここに立っていることが信じられなかった。

懐かしくて、わくわくしていて、恐ろしかった。

とうとう、追い詰められてしまった。

そんな、後悔にも似た思いが、胸の大部分を占めていたような気がする。

昼過ぎの高い陽射しが、家の前の広い芝生を明るい色に輝かせている。

私は久しぶりに見るその家を改めて観察した。

洋風のこの家は、大部分が平屋建てで、川に面したところに一部屋だけ二階部分がある。川に向かってT字型になっていて、Tの横棒の右側が二階のある母屋、左側の先は川べりに延びる船着場になっている。Tの縦棒の一番下が玄関で、私はその玄関の正面に立っている。

そして、広い庭の隅には、大きな納屋《なや》兼ガレージがあって、シャッターが上がったままになっていた。香澄さんの両親が乗っていったのか、今は車もなく空っぽだった。彼女が描きかけの絵を置いておけると言ったのは、この場所のことだろう。ガレージから船着場に向かって、屋根の付いたコンクリート敷きの通路が延びていた。

ぐるりと家を囲む胸の高さの煉瓦塀《れんがべい》にはびっしりと蔦《つた》がからまり、更にその蔦にからまった、名も知らぬ花が紫色の水玉模様を作っていた。真っ赤なカンナやサルビアの花が、盛りを過ぎた毒々しい色で庭の隅を彩っている。

記憶の中の家と寸分違わぬような気もするし、すっかり別の物のような気もする。なにしろ、この家の庭で遊んでいた頃から、十年以上経っているのだ。

頭の中でハルジョオンが揺れる。

あれは春の終わり——夏の入口だっただろうか。

「毬子ちゃん?」

背中に声を掛けられて、私はハッとした。

「どうしたの、中に入らないの?」

麦わら帽子をかぶり、レモン色のワンピースを着た芳野さんが、不思議そうな顔で私を見ていた。

「芳野さん」

ぼんやり門の前で玄関を見ていた自分が恥ずかしくなって、私は慌てて手を振った。

「やだ、あたしったら、馬鹿みたい。昔、この家に遊びに来たことが何度かあったんですよ。懐かしくなっちゃって」

「まあ、そうなの」

芳野さんは、慣れた手つきでぎいっと鉄の門扉《もんぴ》を押し開けた。大きなボストンバッグと、四角い籐《とう》のバスケットを持っている。芳野さんくらいバスケットが似合う女の子はいないな、と私は思った。

もし芳野さんが、このままの格好で、パリの郊外の森を歩いていても、ちっとも違和感はないだろう。芳野さんには、どことなく西欧人のかけらが入っているような雰囲気がある。骨っぽいと思うほど華奢で細い手足なのに、ぎすぎすした感じはしないし、小さな顔に整然と並んでいる、つんと筋の通った鼻や小さな唇、大理石のような額、笑っているような目などは、ビスクドールのようだ。茶色っぽい長い髪は、天然パーマだし、全てが異国っぽい。

香澄さんと彼女は本当に対照的だ。彼女がいるだけで、その場の雰囲気が柔らかく、軽やかになる。香澄さんが、どちらかといえば求心力があって、周囲の人間がいずまいを正したくなるような緊張感を伴う魅力を発散しているのに比べ、芳野さんはみんなをリラックスさせ、明るい空気を放射しているような和やかさを醸し出すのだ。

ふわりと、白い蝶《ちょう》が芳野さんの前を横切った。

「あ」

芳野さんは、その柔らかなウエーブのかかった髪を揺らして蝶を見上げた。

二人で足を止め、ふわふわと空に昇っていくのを眺める。

「なんだか、芳野さんみたい」

「え？」

「芳野さんって、蝶に似てません？」

「あっはは」

芳野さんは天を仰いでふわりと笑った。

ふっとその視線が空を泳ぐ。

「蝶ね」

彼女はそっと遠ざかる蝶に手を伸ばした。

「知ってる？　蝶って、死者の国の使いなんだって」

「ほんとに？」

「うん。特に、古代の日本ではそうだったみたいよ。どちらかといえば、不吉なものだったみたい。死者の国まで、死んだ人の魂を案内していくと信じられてたんだって」

「へえ」

「誰かを案内していったのかしら」

眩い光の中に、既に蝶は姿を消していた。

玄関のポーチに立ち、呼び鈴を押すが、中から人が出てくる気配はない。

「お出かけ中みたいね。きっと、食料を買いに行ってるのよ」

芳野さんは困った様子もなく、ドアの前に荷物を降ろして、大きく欠伸《あくび》をした。

「今に戻ってくるわ。庭で待ってましょ」

「そうですね」

私も芳野さんの荷物の隣にカバンを置く。

「毎日いい天気ねえ」

芳野さんは頭の後ろで腕を組んだまま、ぶらぶらと船着場に向かって歩いていく。

私も後に続いた。

艶々《つやつや》とした蔦の絡んだ煉瓦塀の向こうに、川沿いに続く帯のような野原が見え、遠くに樹齢の高い、ちょっと異様にすら見える巨木が、垂れ幕のように枝をなびかせているのが見えた。

黄昏の光の中で、ゆっくりと揺れるブランコを見たような気がする。

ああ、そうだ。あそこにあったのだ。

「どうしたの、毬子ちゃん」

棒立ちになっている私に、芳野さんが声を掛けた。

「昔、あの木に白いブランコが下がってたんですよ。幅が広くて、子供が二人並んで座れるようなブランコ」

「ああ、そうだったわね。あたしも見たことがあるわ」

芳野さんも隣にやってきて、一緒に煉瓦塀にもたれてあの木を見つめた。

「あれ、何の木なんでしょう? ものすごく古い木ですよね」

「よく見ると、二本の木がねじり合わさってるのよね。片方は柳だと思うな。あの、カーテンみたいに垂れ下がっているのは、柳の枝でしょう。あれだけの大きさになるんだから、相当な樹齢よね」

「いつ撤去されたのかな、ブランコ。木が歳を取ってきて、重さに耐えられなくなったのかしら」

「こっちで座ってましょうよ。どう、デザインは考えた?」

芳野さんに呼ばれて、船着場の側の、金木犀《きんもくせい》らしき繁みのそばにあるテーブルを挟んで座った。

「ええ、幾つか」

私は緊張の面持ちで、ポシェットから畳んだ紙を取り出そうとしたが、芳野さんが小さく首を振って制した。

「まだいいわよ。香澄が来てから見せて」

「ああ、そうですね」

芳野さんは、テーブルの上で頬杖を突いて、柔らかい目で私を見た。

「毬子ちゃんの絵を描かせてね」

「ええっ」

「そんなに驚くことないでしょ。中等部だって、クロッキーやデッサンのモデル、持ち回りでやったでしょう」

「それはやりましたけど、芳野さんのモデルなんて」

私はひたすら恐縮する。

「三人で、交代してやりましょうよ。ね。あたしの受験勉強に協力して」

「やっぱり、美大に絞ったんですか」

「うん。昨日までずっと、御茶ノ水の予備校で模擬試験受けてたの」

「わあ、すごい」

「すごくないわよ。模擬試験なんて、お金を払って申し込めば、誰でも受けられるわ」

「あっ、そうだ、真魚子どうですか。あたしの友達なんですけど。呼んで、彼女にモデルになってもらいましょうよ」

そう言ってしまってから、真魚子の「えーっ」という迷惑そうな顔が思い浮かんだ。

嫌がるかな、やっぱり。

「ああ、あの大人っぽい、綺麗な子ね」

芳野さんは顔を思い浮かべているのか、小さく頷いている。

「真魚子さん——彼女、おうちがお寺か何かなのかしら？」

「真魚子のお父さんは、警察官ですよ。でも、そういえば、おじいさんはお寺の住職だって言ってました。どうして分かったんですか？」

「真魚《まお》って、弘法大師の幼名じゃなかったかしら」

「弘法大師？」

「空海よ。彼女のおうち、きっと真言宗の系列なのね」

そんなことをさらりという芳野さんを、私は惚《ほ》れぼれとして見ていた。

「そうね、彼女がモデルというのもいいわねえ。毬子ちゃん、一度彼女を呼んでみてくれる？」

「はいっ、電話してみます」

提案が受け入れられて、私は単純に嬉しかった。真魚子がこの提案を承諾するかはまた別の問題だったけれど。

しかし、私は、彼女が渋々ながらというポーズを示しながらも、ここに来るのを断らないような気がした。あんなことを言っていたが、彼女もまた「自分より綺麗な女」に興味があるに決まっている。

「あなたたち、仲いいわね」

芳野さんは、不思議そうな顔でぽつりと言った。

「全然性格似てないんですけどね」

「だからいいのよ」

「香澄さんと芳野さんだって、我が校を代表するコンビじゃないですか」

「あたしと香澄？」

芳野さんは、奇妙な笑みを浮かべた。

一瞬、沈黙があり、彼女はその奇妙な笑みのまま私を見る。

「あたしと香澄はね、仲良しじゃないわ。離れられないのよ」

私はきょとんとした。その違いがよく分からなかったのだ。

「どう違うんですか？」

「うふふ、いいのよ」

芳野さんは、愉快そうに笑った。

何がいいのかも分からなかったが、それ以上聞けなかった。その時、門を開けて香澄さんが戻ってきたせいでもある。

「うわあ、ごめんなさい！　待った？」

よく通る香澄さんの声が、午後の庭に響く。

「待った待った。待ちくたびれたわよぅ」

芳野さんがわざとらしく大声で叫んだ。

「ごめんごめん。家の中掃除してたら、買物に出掛けるのが遅れちゃって」

大きなスーパーの袋を抱えた香澄さんは汗だくだ。

「そんな。言ってくれれば、一緒に買いに行ったのに」

私は慌てて香澄さんに駆け寄った。

「ありがとう。大丈夫、今日だけよ。あとはこき使うからね」

香澄さんは私を見て、にっと笑った。

「えーっ」

私は悲鳴を上げてみせた。

内心は、一生懸命、和やかな雰囲気を出そうと必死だった。なにしろ、こうして彼女の隣にいるだけで、ぼうっとしてしまうのだ。

やはり、香澄さんは特別な人だ。

彼女が手に持っていたケーキの箱を受け取りながら、彼女の放つオーラをそっと吸いこむ。こんな輪郭を持った人は他にはいない。緑色に光る長い髪。こめかみを伝う汗。香澄さんだけが、光沢のある空気にくるまれている。誰にも破ることのできない膜。

魅力的な女の子には、それぞれ異なる膜がある。みんな、違う色をしていて、手触りも違う。真魚子には真珠色に湿った絹のような膜があるし、芳野さんにはベージュ色のクレープペーパーのような膜がある。麻子や理絵には、ピンク色の、甘い砂糖菓子のような膜。だけど、香澄さんの膜は特別製だ。きらきらした粒子の入った、エネルギーだけでできた膜。その膜を通すと、香澄さんの内側にあるもの全てが変わって見え、神秘的な光を帯びるのだ。

香澄さんは、サブリナパンツを穿《は》いて、民芸調の刺繡《ししゅう》の入った、スモックに似た麻のブラウスを着て、サンダル履きで、男の子のような野球帽をかぶっている。そんな組み合わせが、さりげなくて洒落《しゃれ》ていた。センスのよい人は、全方位でセンスがいい。香澄さんは、自分に似合うものが自然に分かっている。私は、白いTシャツに黒のストライプのサロペットという自分の格好が、子供っぽくて恥ずかしくなった。

「ああ、重かった。毬子ちゃん、荷物運び込んで。その戸棚からケーキ皿出して、庭に持っていって」

香澄さんはてきぱきと指示を出す。

家の中は、天井が高くて開放感があり、乾いた空気の匂いがした。午後の光がレースのカーテン越しに、古い床のそこここに四角い形を落としている。

少し昔の時間が流れているような、素敵な家だった。調度品は古い木製の家具ばかりで、どれも高さが低く抑えられている。すっきりしていて、余計なものが何もない。台所、食堂、居間はひとつづきの大きな部屋で、寒色系のクッションや敷物が、涼しさを演出していた。まるで、外国の雑誌から抜け出てきたような部屋だ。香澄さんのお母さんの趣味だろうか。どうしてこんなにモノが少ないのだろう。うちなんか、捨てられないモノだらけで、家中ぎっしり詰まっているというのに。

私は忠実な犬のように玄関のバッグを運び込み、言われるままに大きな食器棚からケーキ皿らしきものを出し、箱からショートケーキを取り出した。

香澄さんは薬缶《やかん》を火に掛け、買ってきた食料品を順序よく冷蔵庫やストッカーに納めていく。

「お盆はそこ。紅茶はあたしが持っていくから、庭で待ってて」

「はあい」

私はケーキを載せた盆を持って、勝手口から庭に出る。

芳野さんは、退屈する様子もなく、椅子に足を載せてのんびりと川を見ていた。だらしない格好でも、芳野さんがしていると、だらしなく感じない。絵葉書のようなポーズに、一瞬見とれた。

芳野さんは、私が運んでいったケーキを見ると、小さく口笛を吹いた。

「あら、おいしそう。随分奮発したのね、香澄」

「毬子ちゃんが来てくれたからねー」

芳野さんの言葉を聞きつけて、香澄さんが大声で答えながらカップを運んできた。

「なあによ、あたしだけじゃケーキは無しだったってこと？」

「そうよ」

香澄さんは澄ました顔で頷き、スライスしたレモンの載った小皿をテーブルの中央に置いた。レモンの香りがつんと鼻を刺す。

「じゃあ、毬子ちゃんに感謝しなくちゃ」

「外でものを食べるっていうのは、一見ロマンチックだけど、実際は野性との闘いなのよねえ」

香澄さんは、たちまち甘い香りに引き寄せられて飛んできた小さな蠅《はえ》や羽虫を、顔をしかめて振り払う。薬缶の笛が、台所から沸騰を知らせる。香澄さんは台所に駆け込み、大きなポットを抱えて戻ってきた。

「お待たせ」

「待ったよー」

琥珀《こはく》色の液体がカップに注がれるのを、私はうっとりしながら眺めていた。

夢のような休日。まるで映画みたいだ。しかも、この二人と一緒だなんて。

「では、三人で頑張って傑作を仕上げましょうね」

紅茶のカップで乾杯する仕草をして、ケーキをつつく。

私の持ってきたデザイン案をテーブルに広げ、三人で検討を始めた。

演じられる芝居は、芥川龍之介の『藪《やぶ》の中』を下敷きにしたものだ。舞台は、現代の女子校の中庭に置き換えられている。中庭に出入りする少女たちが、かつてそこで起きた事件をさまざまな角度から証言するという設定である。数年前に在校生が書いた脚本だが、よく出来ているので、しばしば我が校の演劇部が上演していた。

私は三つのデザインを考えていた。中庭の景色を模した二つの案と、線とぼかした色彩を中心に据えた、抽象画ふうの案である。

頰杖を突いて、クリームを舐《な》めながらデザインに見入っている二人に、私は些か緊張した面持ちで説明した。

「この芝居は、季節の説明がないですよね。だから、どの季節にもできます。今回上演するのは夏の終わりだから、一つは秋らしくしてみました。萩《はぎ》の繁みを遠近感が出るように大きく二つ描くのがこのデザイン。一応、女の子っぽいイメージで描いたので、これが無難かなあと。こっちは木の幹を並べて、この話の迷宮感を出したつもりです。もう一つは、ちょっと冒険だけど、寓話っぽい話に合わせたら、こういう抽象的なのも面白いかなって思って」

三つ目の案は、暁臣とマチスの展覧会を見た時に思いついたものだった。これまで舞台背景には具体的な風景しか描いたことがなかったけれど、一度抽象的なものに挑戦してみたくなったのだ。

「面白い」

「凄いわ」

二人が声を揃えて言った。

「芳野はどれがいいの？」

香澄さんが尋ねると、芳野さんは「うーん」と三つのデザインを見回した。

「どれもいいよ。萩の繁みって、女の子たちの雰囲気に合ってる。でも、萩の花って小さいから、客席から見たら萩だとは分からなくて、単なる繁みにしか見えないかもね。木立もいいわ。根元を描くようにすれば、遠近感もあるし、檻《おり》みたいにも見えて、ちょっとした効果よ。中庭の閉塞《へいそく》感が出ると思う」

芳野さんが指でデザインを指しながら答えた。

「なるほどね。あたしは、この三番目の案、やってみたいなあ。面白いよ、こういう線と色だけなのって。意外と映えるかも」

香澄さんは、抽象案に興味をそそられたようだ。二人の反応はどちらも嬉しく、私はまたしても有頂天である。

「どういう順番で進めようか？」

芳野さんは腕組みをした。

「大きな模造紙に三種類とも簡単に下絵を描いて、直《じか》に音楽堂に持っていってみない?」

「そうね。二人が絵を持って舞台に立ってみて、一人が客席から見ればいいのよ」

「大丈夫、明日、月彦と暁臣が来るから、二人に舞台の上で持たせましょ」

「あら、月彦、もう来るの?」

私は思わず顔が強張《こわば》るのを感じた。

来る。あの少年が。

ナイフのような瞳。

「そうなの。もう少し後でいいって言ったのに」

「仕方ないわよ。なにしろ」

芳野さんはそこで言葉を止めるとニッと笑った。

「天使だもの」

「天使だものね」

二人はそう言って頷きあった。

川から吹いてくる風が、ふわりと頬を撫でる。

天使。この間も同じ言葉を聞いたような。何か、二人の間では特別な意味でもあるのだろうか。疑問には感じたけれど、その意味を二人に尋ねてみようとは思わなかった。

私は、決して二人の世界に入り込みたいとは思わなかった。近くにいて、どきどきしながら、決して手の届くことはない二人の世界を鑑賞していたかっただけなのだ。

「そういえば、毬子ちゃん、暁臣と仲良しなんですって？」

香澄さんが私の顔を見た。

月彦という少年が私に会いに来たこと、それを暁臣が私に謝ったことを、彼女は知らないのだろう。

「ええ。このあいだ、偶然友達に紹介されたんです。あたし、男の子苦手なんですけど、暁臣くんは平気」

「分かるわあ。あの子、中性的だものね」

芳野さんが頷く。

「月彦は、あたしのいとこなの。根はいい子なんだけど、がさつでぶっきらぼうだから驚かないでね」

香澄さんはそう言って笑いかけた。

私は中途半端な笑みを返した。

彼は、ここにいる私を見てどんな顔をするだろう。何と言うだろう。まさか、香澄さんの前でいきなり罵声《ばせい》を浴びせたりはしないだろうが。

彼と対面する時のことを考えると、憂鬱になる。来る前から予想していたことではあったけれど、実際にその日が明日だと言われると、気が重くなってしまう。

ふと、テーブルの皿を見下ろすと、銀紙の上に残っていた生クリームの上で、小さな蟻《あり》が溺《おぼ》れていた。


合宿の初日の午後は、至って能率的に進んでいった。

私たちは画材店に出掛け、大きな模造紙と、原色の絵の具を何色か買った。

庭に面した広い廊下に紙を広げて貼り合わせ、隅をみかんや白桃の缶詰で押さえる。

私たちは庭に向かって三人で並び、三つのデザインの下絵を描いた。

時折涼しい風が廊下を吹きぬけ、庭先で小鳥がダンスする。

ひんやりした廊下で、外の光を感じながら絵を描くのは楽しかった。

私は赤のポスターカラー、芳野さんは青のポスターカラー、香澄さんは黒のポスターカラーで、ざっくりとそれぞれの案を描いていく。

時々他愛のない言葉を交わす以外は、私たちはほとんど無言で作業を進めていた。

何かに熱中している者特有の、密度の濃い時間が過ぎていく。

二人の描き方は、それぞれの性格が出ていて面白かった。

芳野さんは、木立の案を描いていた。いかにも天真爛漫《てんしんらんまん》な天才肌という感じだ。鉛筆で数箇所無造作に印を付けたと思ったら、あっというまに線を引いていく。

香澄さんは、抽象画の案を描いた。私の下絵通り、きっちりと丁寧に鉛筆で下書きをし、全体のバランスに気を遣いながら確実に線を引く。

私はといえば、二人の間だろうか。描いている時はあまり考えず、その時その時の直感で筆を走らせる。

時々立ち上がり、離れたところから自分の絵を見る。

三枚の紙を埋めていく、三色の線。

奇妙な既視感に襲われた。

これと同じような景色を、ずうっと昔に見たような気がしたのだ。

重なりあう線。伸びる線。

「こんなもんかしら」

最初に芳野さんが描き終え、立ち上がった。

香澄さんと私で芳野さんに寄り添って絵を覗き込む。

「さすが」

「水墨画みたい。このまま一色でも使えそうじゃない？」

「霧の中にいるイメージにしてみたのよ」

青い線で、大胆な木立が描かれていた。かすれ気味に描かれた木の根元が中ほどに配置され、画面に奥行きを演出している。舞台に置いたら映えそうだ。

ふわりとした雰囲気の人なのに、芳野さんの描く線はダイナミックで迷いがない。人の描く絵を見るのは、本当に面白い。

「あたし、麦茶入れてくるね」

「お願い」

芳野さんは台所に歩いていった。

カチャカチャとコップをいじる音が聞こえてくる。

私は、再び描き始めた香澄さんに声を掛けた。

「あのう、香澄さん、別にあたしの下絵の通りじゃなくてもいいんですよ。香澄さんの好みで適当に変えちゃってください。抽象画みたいな感じ、という程度の絵なんですから」

「下絵通りに描きたいのよ」

長い髪を押さえながら、香澄さんはきっぱりと答えた。

答えてから口調がきついと思ったのか、言い訳するようにちらっと私を見て微笑む。

「この線、面白いわ。波紋に似てるね」

「ああ、そうかもしれません。こっちから押されてきて、どんどん波及していく、みたいな」

「うん。配色を変えると、モダンな雰囲気になりそう」

三人の絵がざっと完成し、ポーチに出て麦茶を飲みながら絵を見比べた。

夢中になっているうちに、日が傾いていた。

船着場も、納屋も、いつのまにか夕闇に沈み始めている。

私は、オレンジ色に光る川面につかのま見とれた。

日が暮れる。日が暮れて、そして——

「どれもいいじゃない？　どれを置くかによって、芝居の雰囲気もがらりと変わるかもね」

芳野さんが言った。

「毬子ちゃんの描いた萩の繁みは曲線ね。いかにも女の子らしい雰囲気になる。あたしの木立は縦のストライプで不安な感じ。香澄のは、四角と矢印を連想させて、力強い感じだわ」

「立花先生に見てもらおうか」

「そうね」

「今日のところは、こんな感じかな。一日目からよくやったと思わない？」

「そう思って油断してると、すぐに日が経っちゃうのよね」

「宿題と同じ」

絵は、一枚ずつ広げたまま二人がかりで納屋に運んだ。

並べて床に置き、一晩乾かしておくことにする。明日、丸めて音楽堂まで運ぶのだ。

「順調、順調」

「明日は図案の決定ね」

「板を学校に取りに行かなきゃね」

「結構重いですよ」

「それこそ、月彦たちを使わなくちゃ」

お喋りをしながら手を洗い、夕食の準備を始めると、だんだん合宿という雰囲気になってきた。

テーブルクロスを敷き、ロックグラスに庭から摘んできた小さな花を飾る。家での手伝いは鬱陶《うっとう》しくて面倒なのに、こういう時は楽しくて仕方がない。

トマトときゅうりとほうれん草のサラダ、ワカメと豆腐の味噌汁《みそしる》、ご飯に納豆、鮭《さけ》のムニエル。

食事をしながら学校の噂話に興じているうちに、外は真っ暗になっていた。

帰らなくてもいいというのが、不思議なことに思える。流しの水の音や、パタパタいうスリッパの音が、他人の家で夜を共に過ごしていると実感させる。

「あっ、忘れてた」

洗いものをしながら、香澄さんが大声を上げた。

「何を」

「船着場に、スイカを沈めておいたんだ。冷やそうと思って」

「明日、月彦たちが来たら切りましょうよ」

「覚えておいてね、明日になったらまた忘れそう」

私は布巾《ふきん》でお皿を拭《ふ》きながら、暗い窓の外に目をやった。

庭は、濃い闇に沈んでいた。何も見えない。

なぜか、自分が遠いところに来た、という感慨を覚えた。

じっと闇の奥に目を凝らし、耳を澄ます。

リーリーという虫の鳴き声や、ざーっ、という川のせせらぎの音がする。いったん気がついてしまうと、絶え間なく続く水の音は耳について離れない。

「結構、川の音が聞こえるんですねえ」

そう呟くと、香澄さんが「でしょ」と頷いた。

「最初、引っ越してきた時は気になって眠れなかったわ。今は慣れて子守唄になったけどね。二階って意外に音が響くのよ」

香澄さんの部屋は、川に面した二階の部分だ。

私と芳野さんは、香澄さんの部屋の下の、客間を使うことになっていた。洋風の造りの家の中で、その部屋だけが和室だ。二人でさっさと布団を並べて敷いておき、お喋りをするために居間に戻った。合宿で、一番のお楽しみは夜のお喋りに決まっている。

「毬子ちゃんは、この辺りによく来たの？」

香澄さんは、薬缶を火に掛けて尋ねた。

私は曖昧《あいまい》に頷く。

「ええ。ピアノの先生の家がこの近くにあって、小さい頃は二年くらいここまで通ってたんです」

「ひょっとして、荒井先生？」

芳野さんが顔を上げた。

「そうです」

「まあ、あたしも習ってたのよ、荒井先生」

「うわあ、本当ですか？」

「懐かしいわねえ、おっかない先生だったよね」

「ええ。目を閉じて、腕組みして、こっちが弾いてるのを聞いてるんですよね」

「そうそう。毬子ちゃんは、何歳までピアノ習ってたの？」

「何人か先生は替わったけど、中学生まで。荒井先生、ご主人の田舎に一緒に帰っちゃったんですよね」

「あたし、この家の近くに住んでたの。覚えてるかしら。あの『塔のある』家」

「覚えてます。へえ、芳野さんがあそこに住んでたなんて知らなかった」

「塔のある」家は、「船着場のある」この家と同じくらい知られていた家だ。この家から数軒先にあり、やはり川べりで遠くからも目立つ。「塔」といっても実際に塔があるわけではなく、二階建て木造家屋の川沿いの部分に、月見やぐらのような、小さな三階が造ってあったからそう呼ばれていたのだ。しかし、数年前に取り壊され、建売住宅になってしまった。

「あの『塔』の部分って、広さはどれくらいだったんですか？」

「狭かったよ、子供のあたしが立つのがやっとだったもの。広さは二畳もなかったと思うわ」

「何のための部屋だったんですか」

「さあね。家を建てた人が、何か変わったことをしようと思ったらしいわ。木造の三階建てだもの、かなり古い家だったことは確かね。単なる月見台だったんじゃないかしら。でも、小学校三年の時に引っ越したから、今ではかなり記憶もあやふやだわ」

「芳野さんは、あのブランコに乗ったことありますか？」

「うん、よく乗った」

「あたし、ピアノの練習に来る度に、乗ってました。確か、この家に、カズコちゃんて女の子がいたんですよ、当時は。あたしよりも何歳か上だったと思うんですけど、その子が一緒に遊んでくれて、何度かここの庭でも遊びました。煉瓦塀とか、あの時のままなんですよね」

私は窓を見た。カーテンが閉まっているので、外は見えないが。

「ふうん、カズコちゃんか。その子は、今は？」

「引っ越しちゃいました。確か、あの事件のあとです」

「あの事件って？」

香澄さんがマグカップを並べながら尋ねる。

「よく覚えてないんですけど、女の人が殺されて、ボートの中に寝かせてあったのが見つかったんです」

「ええっ？　この辺りで？」

「この辺りというか、この家の船着場に繋《つな》がれていたボートが下流の方に流されていて、中に首を絞められた死体があるのが見つかったんですって」

「この家のボート？」

香澄さんは眉を顰めた。

「ええ。でも、その時は大雨のあとで、この川、雨のあとは急に増水するから、ボートが流されちゃったらしいんです。だから、誰かがボートを見つけて、死体を流すのに使ったらしいです」

「それ以来、あの船着場にはボートがないわけね」

香澄さんは納得したように頷いた。

「この川は、舟遊びには向いてないですよ」

「スイカを冷やすくらいがちょうどいいわね」

芳野さんがインスタントコーヒーの入ったカップを持って笑う。

「カズコちゃんはその事件に関係があったの？」

香澄さんが尋ねる。自分の住んでいた家の船着場が事件に関係していると知って、興味を覚えたらしい。

「さあ。そこまでは分かりませんけど」

「大騒ぎだったわよね、あの時は。それで、確か同じ日か翌日に、あの野外音楽堂で子供が死んでたんじゃなかったんだっけ？」

芳野さんが思い出すような顔つきになって首をかしげた。

「ええ。当時、音楽堂の天井を修理していて、屋根に登る梯子《はしご》が置いたままになっていたのを、子供が見つけて登って、足を滑らして落ちたんですよね」

「ああ、そうだったわ。事故だったのよね」

「最初は、ボートの死体と関係あるんじゃないかって思った人もいたみたいだけど、ただの事故だったみたいです」

「落ちたのは、女の子?」

香澄さんが尋ねた。

「女の子です」

「それはカズコちゃんじゃないの?」

「いえ、違います。名前は覚えてないけど、カズコちゃんじゃないことは確かです」

「ふうん、そんなことがあったんだ。かなり前の話?」

「もう十年以上前ですね」

目の前でハルジョオンが揺れたような気がした。

そう、春の終わりだった。死というものの禍々《まがまが》しさを、子供心にも感じた日。

川面に飛び交う羽虫。

「その——ボートの中に寝かされていた女の人を殺した犯人は見つかったの?」

香澄さんが気味悪そうに尋ねた。

「どうなんでしょう。たぶん、まだだと思います」

「まだつかまってないはずよ」

私と芳野さんは顔を見合わせた。

「迷宮入り、か」

香澄さんは独り言のように呟いた。

「犯人は、この辺りの地理に詳しいってことよね。地元の人間かしら」

「そうとは限らないわ。どこかから来た犯人が、死体を処分しようとして、偶然ボートを見つけたのかもよ」

芳野さんが異議を唱えたが、香澄さんはじっと天井を見ていた。

「もしかすると、犯人はまだこの近くにいるのかもね」


パジャマに着替えたあとも、お喋りは続いた。

私と芳野さんの部屋に香澄さんも来て、布団の上に膝《ひざ》を抱えて座ったまま、飽きずにお喋りをした。初日の夜を終わらせてしまうのがもったいなかった。眠ったら、すぐに明日になってしまう。二人と過ごす日が、一日減ってしまうのだ。少しでも長く、この一日を引き伸ばしたくて、私は必死に喋り続けていたような気がする。二人も私の気持ちを察したのか、遅くまでつきあってくれた。

不思議と、こんな時に必ず出るはずの男の子の話は出なかった。私が、二人にはそんな話はしないでほしいと思っていたからかもしれない。私は、自分の持っている二人のイメージを懸命に守ろうとしていた。二人には、私の信じる通りの二人でいてほしかったのだ。

この夜、布団の上に座って話していた内容は全然覚えていない。ただ、慈愛に満ちたまなざしで私を見ていた二人の目だけが残っている。

布団の上に腹這いになって私の話を聞いていた香澄さん。

横座りをして、髪をいじりながら頷いていた芳野さん。

自分で言うのもこそばゆいけれど、あの時の私たちは、物語の一場面のようだった。懐かしい少女小説の、最初の方の人物紹介の場面。

あの晩、私は幸せだった。私が信じる世界の中で、イメージ通りの二人を独占していたからだ。

しかし、私の幸福は、長くは続かなかった。

翌朝、朝食を終えて後片付けをしていると、門扉を開く音がした。

反射的にみんなが顔を上げる。

今日も朝から雲ひとつない快晴で、暑くなりそうだった。

「あらやだ、もう来たわ」

「早いわねえ」

香澄さんと芳野さんは、首を伸ばして窓の外を見ながら、ぼそぼそと呟いた。

玄関に向かって、Tシャツ姿の二人の少年が入ってくる。

黒いTシャツの、背の高い少年が目に入ったとたん、私はどきんとした。

「こんにちはぁ、来ましたよー」

暁臣のあっけらかんとした声が玄関に響いた。

「いらっしゃい。あら、あんたたち泊まる気なの？」

香澄さんが、暁臣の手の旅行バッグを見下ろした。

暁臣はびっくりした顔になる。

「ええっ、泊めてくれないの？　僕、すっかりそのつもりで来たんだけど」

「月彦が用心棒になってくれるよ」

「楽しい女の子の合宿なのに」

「暁臣は？」

「楽しい男の子」

「あはは、そりゃそうだわ。言っとくけど、本当に泊まるのなら、あんたたちは応接間のソファだからね」

「はあい。あ、毬子さん、おはよう」

私の姿を認めた暁臣が無邪気に手を振った。

「おはよう」

私もぎくしゃくした笑みを返す。

ずっと彼の後ろにいる少年が気になっているのだが、顔を見られない。

「毬子ちゃん、紹介するわ。いとこの貴島月彦よ。月彦、美術部の後輩の蓮見毬子さん。今回の合宿の主役は彼女よ」

香澄さんが、後ろで一つに結わえた髪を揺らして、私を振り返った。

私はヘアバンドを直しながら、恐る恐る少年の顔を見る。

Tシャツの袖を肩までまくったジーンズ姿の少年は、やはり正面から私を見ていた。

久しぶりに見る彼は、無表情だった。

一瞬、目が合った。ナイフのような瞳は、記憶通りだ。

しかし、何の感情も彼の顔には浮かばない。

暁臣が、私と月彦の表情を見ているのが分かる。

「よろしく」

月彦はそっけなく言うと、荷物を持ってずんずん家の中に入ってくる。

「あんたたち、朝ごはん食べてきたの？」

香澄さんが暁臣に声を掛けた。

「もちろん」

「じゃあ、すぐ働いてもらっても大丈夫ね」

「何すればいいの？」

「みんなで野外音楽堂に出発よ」

納屋は既に蒸し風呂のような暑さだった。屋根の一部が半透明のスレート葺《ぶ》きになっているので、そこから光が差し込むのだ。

貼り合わせた三枚の大きな模造紙を丸めただけで、汗だくになった。月彦が二本、暁臣が一本、丸めた絵を抱えて出発する。

「殺気を感じる暑さだなあ」

「曇りというお天気もあるってことを、暫く忘れてるよね」

川沿いの散歩道をぞろぞろ歩いていく。

鳥が澄んだ声で宙を飛ぶ。対岸の土手を、犬を連れた老人が行く。

川の流れは遅く、どろりとした濃い緑の水が朝の陽射しを浴びていた。浮かんでいる泡や虫がゆっくりと動いているので、流れているのだと分かる。

ブランコのない巨木の下で、灰褐色の柳の枝が揺れていた。

暑くなる予感に、全ての植物がじっと耐えている。どの家の庭でも、緑が暴走の機会を窺っていた。むっとする草いきれが足元から上がってきて、息が詰まりそうになる。

遠くの橋の上で、のろのろとトラックが走っていた。数珠《じゅず》つなぎになった車の列から、陽炎《かげろう》が上がっているのが見える。

夏の朝。そう口にしただけでうんざりしてしまう。世界に満ちている光量の多さに圧倒され、戦う前から戦意を喪失してしまうのだ。

先頭を歩く香澄さんと月彦の後ろ姿に、目が吸い寄せられる。

二人はお喋りをしている。当たり前のように並んで歩いている。すらりとした香澄さんの背中に揺れる長い髪。月彦のがっちりとした広い背中。香澄さんの白い首すじ。少年の、焼けた太い首。二人の背中は、バランスが取れている。知らない人が見たら、一組のカップルに映るだろう。どこにでもいる、男と女。だが、私は、香澄さんがその陳腐な枠組みの中に押し込められるのが耐えられなかった。

私が独占していたのに。

不満が、少しずつ心の隅に滲み出てくる。

バケツから流れ出て地面に染み込んだ黒い水。

ゆうべは私と一緒にいてくれたのに。

二人の輪郭が、周りの風景から浮き上がって見えた。

どうして、世の中は男と女で一組なのだろう。

息苦しくなって、私は、草の中を楽しそうに歩いている芳野さんに目をやった。

芳野さんは、鼻歌を歌いながらぶらぶら歩いていた。芳野さんという人は、一人でいてもちっとも苦にならないのだ。香澄さんを彼に取られたとは思わないのだろうか。それとも、あまりにもいつも一緒にいるから、自分との関係に自信があるのかもしれない。

私とは違う。こんな、後ろの方で見ているだけのポジションとは。

一人で気を揉《も》みながら、これから二人で話しているところを見る度にこんな心地になるのかと、憂鬱な予感に気分が沈みこんできた。

まだ合宿は始まったばかりなのに。

こめかみに汗が伝う。

まだ朝なのに。これからもっと高く日が昇るのに。

「どうしたの、おっかない顔して」

いつのまにか隣を歩いていた暁臣の声に、我に返った。

相変わらず、涼やかで綺麗な顔がそこにある。

「月彦さん、怒ってる？」

「そんなことないよ。いつもあんなふうだもん」

「あたしがここに来てるの、怒ってるんじゃない？」

「大丈夫だよ」

暁臣は、先頭を歩く二人に目をやった。

「ほら、香澄さんと喋っていれば彼は満足だもの」

あたしは不満だわ、と胸の中で呟いた。

道は林の中に続いていた。木陰に入ると、スッと気温が下がる。木の根元に、蝉《せみ》が這い出た丸い穴がぽつぽつと開いていた。遠い梢から、彼らの大合唱が降ってくる。

曲がりくねった道の向こうの、森の上に白い屋根が飛び出していた。

「久しぶりだなあ、ここに来るの」

暁臣がぽつりと呟いた。

「そうね。めったに音楽堂なんて行かないものね」

「この辺、ハルジョオンがいっぱい咲いてなかった？」

「ああ、咲いてたわ。さっきの川べりの散歩道の周りと、この辺りは、春から夏にかけて、ハルジョオンだらけになるんだよね。子供の頃なんか、あたしの背丈と同じくらいの高さだった」

「そうだね」

草の中のオルゴール。

森の中に、唐突に音楽堂が現れる。

オゾンの匂いをいっぱいに吸い込み、私たちは石造りの通路を降りていった。

すり鉢状の階段になった客席には、五百人ほど座れるだろうか。

半円形の客席と、大きな柱を左右に持った舞台には、すぐそこまで緑が迫っていた。屋根にも客席にも周囲から伸びた枝がかぶさっている。だから、余計に草に埋もれているる感じがするのだ。

誰もいない野外音楽堂は、何かが始まるのをじっと待っているように見える。

女の子三人は、客席の中央の後ろの方に座った。男の子二人が絵を持って舞台に立つ。照明がないので、ちょっと薄暗かったが、感じをつかむには充分だった。

「はい、その辺りで広げて。全体的に、もうちょっとこっちにずれて」

芳野さんが手を振って指示を出す。

「やっぱり、舞台で見ると違うわね。うんとデフォルメしても、しすぎってことはないわね」

「うん。かなり線を太くしないと、何だか分からない」

順番に絵を広げさせながら、三人で意見を出す。あっというまに午前中の時間が過ぎていった。

意外にも、地味に思えた萩の繁みが、三つのうちでは一番舞台栄えすることが分かった。線を主にしたあとの二つは、遠くから見ると線が細くて貧弱になるのだ。

「やっぱり、面で押さないとだめってことね」

「線は難しいんだなあ」

ぶつぶつ言いながら、午後は学校に行くことにする。美術室にある、絵を描くための板を取りに行くのと、演劇部の指導をしている教師の意見を聞くためだ。

「演劇部、今日も練習あるよね？」

「やってるよ。上演までもう二週間くらいしかないもの」

密かに第一候補にしたかった抽象画案が意外にふるわなかったことがショックで、私はどう描きかえれば使えるか必死に考えていた。

お昼を食べるために引き返す途中、林の中で、肩に誰かの気配を感じた。

「どうして来たの」

聞き覚えのある声に、私は全身を強張らせた。

黒いTシャツと、太い首が隣にある。

私は彼の方を見なかった。あの目と向き合いたくなかったからだ。

忘れていた怒りと屈辱がじわじわと蘇ってくる。

返事なんかするもんか。あたしは呼ばれて来ているんだもの。

小さな溜息《ためいき》が聞こえた。

「あんた、香澄と芳野を誤解してるよ。あの二人は、あんたが考えているような優しい先輩じゃない」

その口調に焦燥を感じたので、私は驚いて彼の顔を見てしまった。

相変わらず鋭い目がこちらを見ていたが、その色は、このあいだとは違っていた。焦りと苦渋。

私は混乱した。この人は、香澄さんを盲目的に崇拝しているのではなかったか？

彼はそう言った。

ちらりと、香澄さんと芳野さんに挟まれている暁臣に目をやる。三人とも、私と月彦が話をしていることには気付いていないようだ。

だが、今、この少年は何と言ったのだろう？

「こないだはごめん、誤解させるような言い方しちゃったけど、別にあんたのことを非難したつもりはなかったんだ。俺が言いたかったのは、あの二人に近付くとろくなことがないってことで」

月彦は私の視線を避けて早口になった。

「ろくなことがないって――まさか。どんなふうに？」

私は思わず小声で尋ねた。

「あんた、あの二人に恨まれる覚えは？」

「え」

私はいよいよ当惑した。

「恨む？　あの二人があたしを？」

「覚え、なさそうだな。そうだよな、あんた、どうみても人の恨みを買うタイプじゃないもんな」

月彦は考え込む表情になった。

かつて何度か感じていた違和感は、今やはっきりと不安に変わっていた。

何が起きているのか。何が進行しているのか。

「うーん。俺がいる間に分かればいいんだが」

「何を？」

「二人があんたをターゲットにした理由さ」

「ターゲット？　あたしが？」

私は思わず月彦に詰め寄っていた。

「いつまでいることになってるの？」

「あと一週間だけど」

「何か理由をつけて帰ったほうがいい」

その口調があまりにも切実なので、私は「あたしが邪魔なのね」とは言えなかった。

ふと、同じようなことを誰かに言われたことを思い出す。

真魚子だ。真魚子も、似たようなことを忠告しなかっただろうか？

「何か、突発的な理由を考えるんだ。あの二人に、わざとだとバレない理由。でないと、あんたが何か感づいたと二人が気付く」

この少年は、本気で言っているのだろうか。それとも、単に、私を香澄さんから遠ざけるために、私にあることとないことを吹き込んで、立ち去らせようとしているのだろうか。

得体の知れない恐怖と疑心暗鬼で、私は青ざめていたと思う。

なぜ、真魚子もこの少年も、私をあの二人から遠ざけようとするのだろう。私の二人に対する見方が間違っているとは思えない。現に、学校の大部分の少女は私のような見方をし、私のように招待されたいと思っているのだから。

「そんなこと言われても、思い当たる理由もないのに」

「あんた、香澄がどんなに怖い女か知らないんだ」

そう言われて、胸に急に反発が湧いた。

「あなたは知ってるの？」

私の声に棘《とげ》を感じたのか、少年は苛立ちを覗かせて私を見た。

「たぶんね。少なくとも、あんたよりは」

いったん家に戻り、大量のそうめんを茹《ゆ》でて、みんなでテーブルを囲んだ。

そうめんをすする音を聞きながら、私は大混乱に陥っていた。

いったいどれが本当なのだろう。香澄さんたちは、これは楽しい女の子の合宿だと言う。私もそう思っている。それは嘘なのだろうか。月彦が言うような、陰謀に満ちた招待なのだろうか。それとも、暁臣から聞いたとおり、香澄さんを独占するための芝居なのか。いつ、誰が正解を教えてくれるのだろう。

しかし、混乱しつつも、私は不採用になりそうな舞台背景の下絵のことを考えていた。画面で押したほうがいい。線は弱い。抽象画ふうの絵にしたい。

引かれた線。伸びる線。終わりの見えない線。


「真実？　どこにそんなものがあるのでしょうか。真実。その言葉を口にしたとたん、その言葉が持つ虚構の猛毒で、舌が腐り始めてしまうことをあたしは知っています。あたしたちは、自分が見たものしか信じられない。いえ、自分が見たいものしか信じられないのです。真実とは、あたしたちが見たいと思っているもののことなのですわ」

誰かが話す台詞を聞きながら、この芝居は、私の今の状況に似ているなと思った。

私たちは、体育館の隅で、演劇部の稽古《けいこ》を見ていた。いつのまにか、舞台の上に絵を広げて、先生の意見まで聞いている。先生も、どれか一つに絞りかねているようだった。

結論は出ず、私たちは、丸めた絵を持って体育館を出る。

校門のところに、二人の少年が大きなベニヤ板を立てかけて待っていた。

普段は存在しない同年代の男性が、そこに立っているというだけで、強烈な違和感を覚えた。

「これ、かさばるよ。本当に、家まで持って帰るの？」

暁臣が文句を言う。

「そうよ」

「でかいなあ」

「しかも重い」

ベニヤ板をみんなで運んで帰りながら、私は一人丸めた絵を抱えて考えていた。

横断歩道を四角い板が渡る。

まるで、国旗を捧げ持っているようだ。

夏の国の国旗。あたしたち五人の旗。何も描かれていない、空っぽの旗。

真実とは、あたしたちが見たいと思っているもののことなのですわ。

蒸し暑い納屋の床にベニヤ板を置くと、下絵よりも一回りも二回りも大きかった。

「結構、大きさあるんですね」

「これじゃあ、また印象が変わるわね」

「どうしよう」

「なんだか、分からなくなってきちゃった。今日はここまでにしようか。あとでまた考えましょ」

　香澄さんが、匙《さじ》を投げたように腕を広げた。

　芳野さんが、思い出したように香澄さんの肩を叩く。

「香澄、スイカ切ろうよ」

「あ、そうだ。やっぱり、あたし忘れてたわ」

　大騒ぎをして、船着場に駆けつけた。

　しかし、たいした流れはないはずなのに、スイカの位置が変わってしまっていて、みんなで岸辺を探し回る羽目になる。

「本当に沈めたのかよ？」

「鳥かなんかが食べちゃったんじゃないの？」

　不満そうな声があちこちから聞こえてくる。

　ゆったりと流れる深緑の水。

「あった！」

見つけたのは私だった。岸の水草の下に、網の袋に入ったスイカが潜《もぐ》り込んでいる。

「やれやれ、俺たちに食われたくなくて、逃げ回ってたな」

月彦がそんな軽口を叩いて水の中から引き揚げる。

金木犀の繁みのそばのテーブルでスイカを切ると、赤い果汁が腕に飛んできた。

熟れた赤い円に、花火のように黒い種が散っている。

「よく冷えてるわ」

「おいしそう」

大きく切り分けて、みんなでかぶりついた。

少年たちは芝生の上に座り込み、種を飛ばして遊んでいる。距離を競うその様子は、子犬がじゃれあっているようだ。

「あんまりスイカのかけらを撒《ま》き散らさないでね。蟻が来るわ」

香澄さんがあきれたように声を掛けた。

絵に描いたような夏の一こま。この光景には、奇妙な均衡があった。あたしたちそれぞれの抱く真実が、今この瞬間だけは、奇跡的なバランスでつりあいが取れている。だから、この光景はこんなにも美しくのどかなのだ。私はそんなことをぼんやりと考えながら、みんながスイカを食べるのを眺めていた。

三日月のようなスイカの皮だけが残され、夕暮れの半端な時間を芝生に転がって過ごす。

記憶のファインダーに焼き付けられる、永遠の時間。

いつしか、夜の予感を含んだ風が、川から吹き始めた。

じっと川の方を向いて立っていた香澄さんが、腕をさするとみんなに声を掛けた。

「ぼちぼち中に入りましょう」

「俺ら、銭湯行ってくる」

月彦はシャツについた草を払い、伸びをした。

私にはあんなことを言っておきながら、彼は香澄さんと芳野さんの前でもリラックスしているように見える。さっきの切実な表情は微塵《みじん》もない。やはり、あれは冗談だったのだろうか。

「あたしたちも、交代でシャワー浴びようか」

「うん。大汗かいちゃったもんね」

立ち上がった私は、ふと二階の窓が開いているのに気付いた。むろん、こんな暑い日に締め切っていたら、部屋に熱がこもって夜まで抜けないだろう。

香澄さんの部屋。

レースのカーテンが、夕陽に染まってふわりと揺れた。

私はぎくっとした。

誰かが、そのカーテンの陰に立っているような気がしたのだ。

シーツの林。浮かび上がった手。

私は素早く周囲を見回していた。

香澄さん、芳野さん、月彦、暁臣、私。みんなここにいる。

もう一度、部屋を見上げる。しかし、そこには何も見えず、レースのカーテンも動かなかった。

目の前が暗くなったような錯覚を必死に払いのける。

気のせい。気のせいよ。私は自分にそう言い聞かせ、ポーチから家の中に入った。


楽しい男の子の入った合宿の夕食は、カレーと相場が決まっている。

台所には、ご飯の炊ける甘い匂いが漂っていた。

男の子が二人いると、全く雰囲気が違うものだ。立っているだけで重量感があるし、空気にスピードが生まれる。

運動部の合宿で慣れているらしく、月彦は、黙々と凄い速さで野菜を切っていた。じゃがいもの皮を剝く手つきなど堂にいったもので、私よりもよほど上手だ。

「ふうん、月彦って器用なのね」

香澄さんが、彼の手元を覗き込む。

「今ごろ気付いた？」

野菜を見下ろしたまま月彦が聞き返す。

「月彦って、なんのかんの文句言うわりには、毎年必ず遊びに来るわね。やっぱり香澄が好きなんでしょう？」

芳野さんがお皿を並べながらからかうように言った。

「そうそう。月彦は香澄さんのファンなんだよ」

暁臣が同意する。

私はスプーンを拭きながら、そっと月彦の横顔を見た。

彼は無表情のままだ。返事をする気もないらしい。

不自然な間が、台所に落ちた。

みんながなんとなく月彦を注目している。

じっと彼を見ていた香澄さんがくすっと笑った。シャワーを浴びたあとなので、洗い髪が艶やかに濡れている。その笑みは普段の彼女よりもずっと妖艶《ようえん》で、私はどきっとした。

「違うわよね。月彦はあたしのことを見張ってるのよね」

月彦の顔色が変わった。耳の後ろが、さっと赤く染まる。

「ふふ。そうでしょ？」

香澄さんは笑みを浮かべたまま、月彦の顔を見つめている。

月彦は、一瞬にして表情を繕うと作業を続けた。

「見張る？　なんで？　香澄さんに悪い虫がつかないように？」

暁臣があけっぴろげに叫んだ。

香澄さんは口に手を当てて含み笑いをした。

「違うの。あたしが悪さをしないように、目を離さないのよね。そうよね、月彦？」

香澄さんは、彼の後ろに立ち、耳の後ろに話し掛けた。その仕草が、妙になまめかしい。

私は、なぜかはらはらした。月彦に、何かうまく答えて切り抜けてほしかった。

「今度は見逃さないから」

唐突に、月彦が言った。

動きを止めたのは、香澄さんの方だった。その顔から笑みが消える。

一瞬、二人が睨み合ったような気がした。

「それは、どうかしら」

香澄さんはそう呟くと、タオルを持って洗面所に歩いていった。

芳野さんと暁臣は、きょとんとした顔で、野菜を切り続ける月彦を見つめている。

夕食後は、テーブルを片付けて、みんなでトランプをした。勝負事となると、結構真剣になってしまうから不思議だ。

みんなが手元のカードに集中している顔を、私は順番に盗み見ていた。

月彦は、拳を頬杖にして、カードに見入っている。

額の線、頭や肩の線。全てが鋭くて、近寄ることを拒絶しているように見える。いったい彼は何を考えているのか。どうして、男の子はこんなに身体の造りが違うのか。こんな身体を持っていたら、あたしもあんなふうに喋るようになるのだろうか。

芳野さんは、いつでも寛いでいる。彼女が怒っているところを見たことがないし、険悪な雰囲気の彼女も想像できない。洗ったせいか、いつもより髪のウエーブが広がっているようだ。ますます、ビスクドールを連想してしまう。

暁臣は、ゲームに強いようだった。駆け引きやハッタリがうまく、以前から気がついていたが、他人が考えていることを読み取る勘のよさは、やはり人より抜きん出ている。同じ男の子でも、月彦とは全然違う。長めの髪は柔らかそうで細いし、威圧感がない。けれど、やはり大きな手や腕に浮かぶ静脈、首や肩の線は男の人のものだ。人はみな、身体という器の影響をどのくらい受けているものなのだろう。

そして、香澄さん。

私は、じっと彼女の顔を見つめた。

あたしが悪さをしないように。

さっきの香澄さんは、なんだかいつもと違っていた。見たことのない、別の女の人だった。淋しいような、裏切られたような心地がして、私は落ち着かなかった。見たくない。見たことのない香澄さんなんて、見たくない。

香澄さんは私の正面に座っていて、冷静な表情でカードを眺めていた。もう髪も乾いていて、いつもの彼女だ。

もしかして、月彦の言葉が正しいのだろうか。

私は、自分が彼の言葉を信じかけていることを感じていた。

私の知らない香澄さんがいるのならば、もしかして。

心がじりじりと傾いていく。

香澄さんは、カードに集中していた。美しい眉の下の黒い瞳は、私の疑惑など露ほども気にしていないことを物語っている。それが切なくて、心地好かった。

二時間くらいトランプに熱中したあと、誰からともなく休憩を言い出し、コーヒーを飲んだ。

静かな夜だ。家の中は静寂の海に沈んでいて、私たちだけがボートに乗って起きている。ボートを漕《こ》ぐと、夜の静寂をかき回しているような気がした。海の水はねっとりしていて、オールにかかる抵抗が大きい。

「あたし、今夜はもう寝るわ。眠くって。今日、暑いところ、長時間歩いたし」

みんながなんとなくぼんやりしていると、ふわあ、と大きな欠伸をして、芳野さんが立ち上がった。

みんなで夜起きている時に、最初におやすみを言い出すのは結構勇気がいるものだが、芳野さんはそんなことは全然お構いなしのようで、それがまた芳野さんらしかった。淋しいような、安堵のような、複雑な表情でみんなが彼女に挨拶を返す。

「おやすみ」

香澄さんが言うと、芳野さんは小さく手を振った。

「毬子ちゃん、お先」

「おやすみなさい」

私は会釈した。

香澄さんは、まだ勝負熱が冷めないらしく、サイドボードの奥からごそごそと古いチェス盤を取り出した。

「月彦、チェスやろうよ。久しぶりにやりたくなっちゃった。毬子ちゃん、チェスやったことある?」

「ないです。将棋みたいなのですよね」

「そうよ。教えてあげる。暁臣はできるよね？」

「うろ覚えだけど。先に、香澄さんと月彦でやってよ。見てれば思い出すよ」

「香澄は強いからなあ。俺をカモにする気だろ」

月彦は首の後ろで手を組んだ。

「そんなことないわ。じゃ、やろ」

二人はかちゃかちゃと駒《こま》を並べ始めた。

暁臣と一緒にテーブルの上で腕組みをして観戦する。

なんとなく将棋に似ていると思うものの、さっぱり分からない。

クエスチョン・マークが顔に出ていたのか、香澄さんが私を見て言った。

「毬子ちゃん、あたしの部屋の、机の隣の本棚にチェスの教則本があるから持ってきてよ。あれ、分かりやすいの」

「はあい」

私は席を立って、廊下に出た。

ポーチへ出るドアの網戸から、涼しい風が吹き込んでくる。

座りっぱなしだったのに気付き、大きく伸びをした。

とんとんと二階への階段を登る。芳野さんはもう眠り込んでいるらしく、下の客間は静まり返っていた。足音がしないように気を付ける。

踊り場の窓から、真っ暗な川が見えた。街灯に照らされて、黒い水がチラチラと動いている。

香澄さんの部屋。

ドアのノブを回す。ガチャリという音。

ちょっと緊張しながら中に入り、壁のスイッチを探った。パッと明かりが点《つ》き、青いベッドカバーが目に飛び込んでくる。こざっぱりとして、綺麗に整頓《せいとん》された部屋。

窓は網戸の状態になっていて、夜風が入ってきた。しかし、昼間の熱気の残滓《ざんし》が残っていて、かなり部屋は暑い。香澄さんがまだ寝たがらないのも、この部屋にこもった暑さのせいかもしれない。

私はどきどきしながら部屋を見回した。

あまり女の子の部屋らしいものはなく、机の上も本棚も整然と片付けられていた。

確かに、このほうが香澄さんらしいかも。

私は、暫くじっと彼女の部屋の雰囲気を味わっていた。

彼女はここで勉強し、ここで本を読み、ここで眠っている。

そう考えると、彼女のオーラが満ちているような気がして、落ち着かなかった。

ぬいぐるみの類《たぐい》は一切見当たらない。ベッドカバーやカーテンを見ても、花柄や、動物など、具体的な模様もない。色彩を最小限に抑えた、シンプルな部屋だ。

ここがあの人の部屋なのだ。私は感動に似た興奮を覚えた。

本棚を見る。並べられた本の背表紙を読んでいくのは、覗きをしているような後ろめたさがあるが、やめられなかった。置かれている本の名前を、知らずしらずのうちに心の中でメモしていた。

古い本や参考書がきちんと並んでいる中で、ようやく薄いチェスの本を見つけ出した。取り出してパラパラとめくると、図版が多く、確かに分かりやすそうだ。

ゲームのルールは、やっている時は永遠に忘れないように思えるのに、やらないとたちまち忘れてしまう。チェスは覚えてみたかったので、真面目に読もうと決心し、胸に抱えて部屋を出ようとした。

その瞬間、背中を冷たいものが走り抜けた。

私は、凍りついたようにその場に立ち尽くした。

そんな馬鹿な。

そこに、顔があった。

ドアの隣の壁に、見たことのある顔があったのだ。

シーツの間の顔。細い目、細い口。かすかに歪んだ笑みを浮かべた仮面。

あの時見た、灰色の仮面が壁に飾られていた。

ホームベースの形をした木製の仮面。あの冷たい笑みが、香澄さんの部屋の壁から私を見下ろしている。

どうして、ここにこれが。

全身から、冷たい汗が噴き出した。

じゃあ、あの時見たのは？

頭の中が真っ白になる。

どのくらい、そうして仮面と向き合っていただろう。

チェスの本が手の汗で湿っているのに気付き、私は、ようやくのろのろと香澄さんの部屋を出た。

あたしが悪さをしないように。

香澄さんの声が聞こえてくる。

「毬子さん？　どうしたの？」

突然声を掛けられて、踊り場に立ちすくむ。

階段の下から、心配そうな顔の暁臣がこちらを見上げていた。

「なかなか戻ってこないからどうしたのかと思っちゃった」

「ついつい、本を読んじゃって」

私は、胸に抱えた教則本を掲げてみせた。

しかし、彼は私の顔を見ていた。私が動揺しているのを見抜いているのだ。

私は必死に平静を装いながら、階段を降りていった。

「だいじょうぶ？　顔色悪いよ」

暁臣は私の顔を覗き込んだ。

「暗いところで見てるからよ」

私は、無理に笑顔を作ってみせる。

「ね、ちょっと涼んでいこうよ。どうせ、月彦と香澄さんは、勝負に熱中してるから、僕らが戻らなくっても平気」

暁臣は、私の腕をつかむと、庭に面したポーチに出た。

確かに、心地好い夜風が頬に冷たく、やっと動揺が収まってくる。

夏の闇は、濃く重たかった。眠りに就いた草木の呼吸が、ここまで伝わってくるような気がする。

二人で、庭先に並んで腰を降ろした。

暗くてこちらの表情が見えないのがありがたい。

「月彦に何か言われたの？　昼間っから、毬子さん、月彦の顔色ばかり見てたよね」

暁臣は静かな声で言った。

私はぎくりとした。やはり、見抜かれていたのだ。

彼は即座に私の動揺を感じ取った。

「何言われたの？　またひどいこと？」

「違うの」

私は大きく溜息をついた。混乱していて、どう話したらいいのかも分からない。

「ちっとも分からない。あの人は、香澄さんが、怖い人だっていうの。香澄さんが、あたしに何かひどいことをするから帰れっていうの。そんなはずないじゃない。どうしてあんなことを言うのかしら」

「ふうん。そんなこと言ったんだ」

暁臣はそう言って、暫く黙り込んでいた。

私も黙っていた。

虫の声と、ザーザーという川の音だけが夜の底に響いている。

「毬子さんは、どう思うの？　香澄さんのこと」

暁臣が静かに尋ねた。

私は、暁臣の顔を見る。ようやく目が馴れてきて、彼の白い顔が見えた。

「どう思うって——香澄さんは香澄さんよ。みんなが憧れていて、あたしも憧れている」

「そうか」

「暁臣くんはどうなの？　あたしの見方は間違ってると思う？」

暁臣は、夜の風を浴びながら沈黙していた。鼻や唇の輪郭は分かるものの、表情までは分からない。

「僕にも分からないな。カズコさんの考えていることは、全然読めないよ」

カズコさん？　香澄さんと言い間違えたのだろうか。

私は、あえて訂正をしようとは思わなかった。

暁臣の髪が、風になびいている。

「毬子さんは、まともな人だよね。きっと、みんなに好かれて、すくすく育ってきた人なんだろうな」

「そんなことないわよ。ひがんだり、ねたんだり、引っ込み思案だったり。欠点だらけで、自分でもほとほと嫌気がさすわ」

「そういうところも含めて、まともだよ。だから、月彦も警告する気になったんだ」

淡々と話す暁臣の真意が分からず、私は闇の中でも当惑した顔をしていたに違いない。

「毬子さん、前、僕に女のきょうだいがいるかって聞いたでしょう」

暁臣は、唐突に話題を変えた。

「ええ」

面くらいながらも、相槌《あいづち》を打つ。

「本当は、姉貴がいたんだ」

「ああ、やっぱり」

頷いてから、それが過去形であったことに気付く。

「小さい時に事故で死んじゃった」

「ごめんなさい、そうだったの」

あの時、彼は「いないよ」と答えた。あれは、あくまで現在形であったのだ。ひょっとして、女の子たちと仲がいいのは、お姉さんの代わりを求めているからなのだろうか。そんな考えが頭に浮かんだ。きょうだいの死。それがどんなものなのか、私には想像できなかった。もし、弟が死んでしまったら——いやいや、そんなことは想像もしたくないし、あたしにはそんなつらさは我慢できない。

再び沈黙が降りる。

話をどう続けてよいか分からず、私はチェスの本を抱いて夜風に当たっていた。

「ねえ、毬子さん。お願いがあるんだけど」

暁臣は、私の耳元に口を寄せた。

私も気軽に彼の方に耳を寄せる。

「なあに？」

「キスして」

「え?」

肩に回された手がぐいと頭を押して彼の方に顔を向かされたと思ったら、冷たくて柔らかい唇が押し付けられていた。私は思考停止状態に陥り、そのままじっとしていたが、そのうち自分が暁臣とキスをしているのだという現状に思い当たって、慌てて彼の身体をどんと押し返した。

二人とも、硬直したように動きを止め、相手の顔を見ている。

彼の目は、無表情といってもいいほど静かだった。

私は、ひたすら驚愕《きょうがく》していた。今、自分がしたことが全然理解できていなかったし、実感もなかった。ただ、冷たい唇の感触だけが頭の隅に焼きついている。

「どうして?」

そう言ったのは暁臣の方だった。

「僕には、毬子さんにキスしてもらう権利、あると思うけどな」

「どうして?」

今度そう言ったのは私だった。

彼の静かな目は変わらない。

「ねえ、本当に、毬子さん、カズコさんが毬子さんを招待した理由、分からないの?」

暁臣は少しだけ私の方に身を乗り出した。

私はひやりとした。

この人は、なんだか変だ。

「僕には分かるけどな。本当のところは分からないけど、それでも見当はつく。カズコさんも、毬子さんが好きなんだよ。だから、招待せずにはいられなかったんだろうな」

「香澄さんでしょう？　カズコさんじゃなくて」

「ううん、カズコさんだよ。だって、毬子さん、子供の頃、何度もこの家の庭で遊んだんでしょう？」

私は恐怖を覚えた。

こんなに綺麗で、愛らしいのに、この人は、なんだかおかしい。

暁臣は、何かに気付いたようだ。

「ああ、そうか。毬子さんは知らなかったよね。香澄さんは、カズコさんなんだよ」

ますます混乱する。

「名前のことさ」

暁臣はそう言い添えた。

「香澄さん、生まれた時の名前は、香澄に子をつけて、香澄子《かずこ》って名前だったんだ」

「えっ」

思わず驚きの声を上げてしまった。

香澄さんが、カズコさん？

「うん。あの事件があったから、お父さんが名前を変えたの。カズコさんのショックが大きかったから」

「あの事件って」

「ボートに首を絞められた女の人の死体があったでしょう。あれは、カズコさんのお母さん」

「まさか」

「今のお母さんは、再婚相手だよ。ここから引っ越してたんだけど、また戻ってきたんだ」

「そんな。わざわざこの家に？」

「その辺りの詳しい事情は知らないけどね」

「じゃあ、月彦さんは」

「カズコさんから見ると、亡くなったお母さんのきょうだいの子供。母方のいとこだね」

何かが崩れていくような気がした。

香澄さんは、事件のことを知らないふりをしていた。初めて聞くような顔で、私の話を聞いていたのだ。

迷宮入り。

もしかすると、犯人はまだこの近くにいるのかもね。

彼女の声が脳裏に蘇る。

まさか、彼女は、自分で犯人をつかまえようとしているのだろうか？　そのためにここに戻ってきたとか？

私は眩暈《めまい》を覚えた。

香澄さんは、何をしようとしているのだ？　じゃあ、私を招待したのは？

「カズコさんは、毬子さんが思い出すのを待ってるんだ」

何を思い出すのを？

揺れるブランコ。揺れるハルジョオン。黄昏の川を振り向く私。

「毬子さん、随分いろんなことを忘れてるんだもの。僕のことだって、もうちょっと慰めてくれたっていいのに」

暁臣は恨めしそうな声になった。

「慰める？」

私はまじまじと彼を見た。

「うん。姉貴が死んだから」

夜風が冷たく、強くなってくる。頬が冷たくなる。体温が下がっていく。

しかし、心臓はどくどくと鳴り、頭の中は熱い。

揺れるハルジョオンを掻き分けて進む私。

「もしかして、あなたのお姉さんというのは」

私は、震える声で言った。

闇の中で、大きく見開かれた暁臣の目が私を見ている。

「うん。あの時、野外音楽堂の屋根から落ちて死んだ女の子。あれが僕の、一つ違いの姉貴。そっくりだってよく言われてた」

「そうだったの」

私は絶句した。母を亡くした香澄さん。姉を亡くした暁臣。その二人が、今この家にいるのは偶然なのだろうか。それでは、月彦のあの警告は――

「カズコさんは、毬子さんが、あの時のことを思い出すのを待ってるんだ」

暁臣はもう一度言った。

「それに、僕もね。僕も、毬子さんが思い出してくれて、僕を慰めてくれるのを待ってる。僕、小さい時から、毬子さんのこと好きだったから」

暁臣は、そっと私の手を取った。

「何を思い出すというの？」

そう尋ねた私の声はかすれていた。

暁臣は、哀れみと愛情の入り混じった奇妙な笑い声を立てた。

「毬子さんが、僕の姉貴を殺したことだよ」

第二部　ケンタウロス

この世に天使はいない。怪物はいっぱいいるけれど。

考えてみれば、天使も怪物の一種だと思う。翼が生えた両性具有の生き物。そんな生き物に道で出会ったら、大抵の人はありがたいと思わず逃げ出すだろう。

天使。さぞかし、現実に出会ったら気味の悪い生き物に違いない。

本質をつかめ、と先生は言う。見たままのものを描くだけでなく、本当に絵を描きたいのならば、対象の本質を自分なりのアプローチでつかめ、と。

なんともご立派で、ごもっともな、しかしよく考えると何も言っていないアドバイスだ。いかにも、彼らが自分は芸術を教えていると納得できそうな、素晴らしいアドバイス。

これを言い換えると、見たままのものを描かなくてもいいということだ。自分にはこう見えると思えば、それを描けばいい。見えるものをそのまま描くことが、単なる陳腐な模倣や対象への侮辱になる場合もある。だから、画家たちは、むしろ見えなかったものを描いてきたのだ。

昔の画家は、何かを見ながら天使を描いた。何かの後ろにいる天使、何かの内側にいる天使を。恐らくそれは、凄《すさ》まじく邪悪なものだったに違いない。そのあまりのおぞましさに、画家たちはありのままにそれを描くことができなかったのだ。彼らの想像を超えた理解不能なものであったがゆえに、彼らはそれをあえて神々《こうごう》しいものに昇華させた。そういう意味では、確かに天使は存在したのだ。描くことができないものを描いたという意味で、天使は彼らにとって実在していたのかもしれない。

そして、あたしは今天使を描いている。

この世の天使、あたしたちが焦がれていた天使を。

だが、彼女の顔は曇り、一晩で憔悴《しょうすい》して、青ざめた顔で身の置き所もないような不安そうな視線をおどおどと周囲に走らせる。なんということだ。昨日までは、薔薇《ばら》色の頬《ほお》で輝くような少女だったのに。

全く余計なことを。

あたしはとても残念に思う。

昨夜は疲れてぐっすり眠り込んでしまっていたから、いつ彼女が隣の布団に潜《もぐ》り込んだのか気付かなかった。だが、朝起きてきた彼女の顔を見た瞬間に、彼女がほとんど眠れなかったことに気付いたのだ。

あたしは自分が失敗したことに気付いた。四人でゲームをしていたし、まだ彼らが来て最初の晩だから大丈夫だと思ったのだ。香澄《かすみ》がいるから、彼らを牽制《けんせい》してくれるとも思ったし、彼らも遠慮すると思った。だって、普通何日間かを友達と過ごすとしたら、重要な打ち明け話は最後の晩にするものと決まっているではないか。

原因は、すぐにピンときた。今あたしの隣で鉛筆を走らせている、綺麗《きれい》な顔をしたご機嫌男のせい。

「何か言ったでしょう?」

今朝、あたしたちの顔を見ようとしない毬子《まりこ》を一目見て、あたしは新聞を取りに行くと見せかけて、暁臣《あきおみ》を玄関のポーチに引っ張り出した。

「えっ?」

暁臣はしらばっくれた。彼はとても頭の回転の速い子だし、人を騙《だま》すのが本当にうまい。その手強《てごわ》さは知っていたので、直球勝負に出る。

「ゆうべ、毬子ちゃんに何を言ったの?」

「別に、何も」

そうそっけなく返事をしながらも、彼の目は笑っていた。何かの悪巧みに夢中になっている時に見せる目だ。こんな時の彼は本当に始末が悪い。

「ほんとは言いたいくせに」

あたしは新聞を取り上げ、パシッと彼の肩を叩《たた》いた。

暁臣は首を振る。

「ううん。何も。ほんとだよ。二人で夜風に当たってただけだよ。だから、軽い夏風邪でも引いたんじゃないのかな、彼女」

「あらそうなの。あんたは無事だったようね」

あたしは嫌味を込めて彼の目を覗《のぞ》きこんだ。

昨夜、彼が彼女に何かを吹き込んだのは確かだ。どんなことを言ったのかは、大体見当がつく。どんなふうに、どこまで話したのかは分からない。けれど、その効果は抜群だった。彼は、自分の言葉が彼女に与えた効果を一人で愉《たの》しんでいる。

「あれじゃ、あの子、帰っちゃうわ。まだ絵も出来ていないのに」

あたしは腹立ち紛れに文句を言った。まだまだ時間はたっぷりあると思っていたので当てが外れて悔しかったのだ。あたしが警戒していたのは月彦《つきひこ》の方だっただけに、ノーマークの暁臣には腹が立った。毬子が好きだと言ったくせに。いや、だからか。

「大丈夫、彼女は帰らない。帰れないよ」

暁臣はきっぱりと言い切ると、満足そうな笑みを浮かべて、あたしの手から新聞を取り上げると、パッと家の中に駆け込んでいった。

あたしはポーチに残される。

なるほど、毬子を帰したくないという点では彼もあたしたちと同じだ。暁臣は、彼女にとってはショックで、なおかつ気になることを吹き込んでおきながらも、情報は小出しにして、ここにとどまらざるを得ない状況に追い込んだのだろう。

あたしは腕組みをしたまま、暫《しばら》くぐるぐると玄関前の芝生の上を歩き回っていた。

今日も陽射《ひざ》しが重く、素足に草の露が当たって、むっとするような草いきれがスカートの裾《すそ》を上がってくる。

暁臣の満足げな笑みが、まだ鼻の先に残っているような気がした。

あたしは足元のツユクサを摘んだ。葉がきゅっと引っ張られ、ぷちんと切れる。

自分が断ち切った夏の命を、目の前でくるくる小さく回す。

おかしな子だ。好きな子を苛《いじ》めるというのは児童心理の典型だけど、彼の場合はそれとはまた少し違う。時として、彼の愛情は、見ていて辟易《へきえき》するようなサディスティックなものになる。それこそ、満腹の猫が、傷ついたネズミを手元で転がして愉しむようなところがあるのだ。

死んだ彼の姉もそうだった。

ふと、川べりを駆け回る子供たちが目に浮かんだ。

なんとよく似たきょうだいだったことか。

白いブランコが揺れる。

けれど、目の前に座る少女を見ていると、暁臣の気持ちも分からないではない。

傷ついた毬子は美しい。無垢《むく》なガラスに影が射し、ちらちらと色を変えながら揺らいでいるさまは、脆《もろ》く儚《はかな》げで変化に富み、眺めているだけでちっとも見飽きない。もっと彼女の中の影を揺らし、思い悩むところを見てみたいという残酷な気持ちが湧いてきてしまう。

そうやきもきしているあたしは、ほとんど彼女に夢中と言ってもいいくらいだ。

月彦はいつも勘違いをする。今回だってそうだ。あたしたちは、彼女を愛しているからここに呼んだのに。

男の子はいつも、あたしたちの楽しみを馬鹿にする。自分たちの楽しみだって、大したことはない。なのに、彼らはいつも「女にはこの高尚な楽しみは分からない」と嘯《うそぶ》く。そりゃあ高尚だろう、彼らは自分の楽しみに意味を見つけるのが目的なのだから。あたしたちは、自分の楽しみに意味なんか求めない。それが単なるひとときの気休めだとちゃんと知っている。そのくせ彼らは、あたしたちが密かにいい思いをしているのではないか、実はいいものを隠しているのではないかと目を光らせている。外から草の匂いをさせながらやってきて、あたしたちの愛するものを盗んでいこうとするのだ。

ご覧なさいよ、目の前の少女を。早速あの綺麗な坊やが爪《つめ》を立てた彼女を。

少女というのは無残なものだ。

あたしは、学校ですれ違う彼女たちを見ていると、いつも弔いをしているような気分になる。いっぱいの笑顔と喚声で短い時間を駆け抜けてゆき、自分が何者かも知らぬうちに摘み取られて腐っていく少女たち。

あたしはいつも、廊下や階段や中庭の木陰に、彼女たちの死体を見ていたような気がする。あたしのスケッチブックには、どのページをめくっても彼女たちがいる。あたしが描く少女は、彼女たちへの鎮魂歌なのだ。

だけど、時折、本物の少女がいる。

正しい少女、奇跡的なバランスを保った少女。

そういう少女が、あの死体だらけの檻《おり》の中に、ぽつんと紛れこんでいることがある。

あたしは彼女の姿を追う。自然の造形の妙に魅了される。彼女の、季節のうつろいにも似たいっときの輝きを鑑賞し、目に焼き付けておきたいと願う。

だが、どんな少女も必ずいつかは死んだ。花は必ず散る。少女でい続けることはできないし、もしい続けるように見えたとしても、それはどこかに不自然な力が加わっているのだ。

ならば、香澄はどうだろう?

あたしは鉛筆を走らせている香澄を盗み見る。

香澄は髪を結い上げ、片目をつぶって構図を決めている。いつもながらの見事な香澄。

あたしの知っている彼女は、最初から同じ比率で少女と女が共存していたし、この先もそうだろう。

というよりも、彼女の存在は、女や少女といったものを超えて、その人格だけが彫像みたいに剝《む》き出しで立っている。そんな感じ。

人はあたしたちのことをとても親しい間柄だと思っているようだが、実際のところ、一緒にいてもあたしたちはあんまり話をしない。

我が校を代表するコンビじゃないですか。

毬子は、ここに来た日そう言ったっけ。あの時あたしは何と答えたかしら？

あたしと香澄はね、仲良しじゃないわ。離れられないのよ。

そう、あれは正直な返事だった。

あたしはいつも正直だし、率直に返事をすることにしているのだけれど、みんながきょとんとした顔をする。なぜか誰もが、あたしが嘘《うそ》や冗談を言っていると思うらしい。喋《しゃべ》り方がのんびりしているせいだろうか。

その通り。あたしたちは仲良しじゃない。

あたしたちは離れられないのだ。本人の望むと望まないとに拘わらず、二人は結び付けられてしまった。遊びで互いの手に手錠を掛けてみたら、鍵《かぎ》をなくして外れなくなってしまった、そんな状態に近いのだろう。

あたしたちは利口な子だったから、これまでうまくやってきた。なくした鍵のことは考えず、手錠を嵌《は》めたままうまく暮らす術《すべ》を身に付けてきたのだ。かといって、あたしたちはお互いが嫌いなわけじゃない。お昼を食べるために仕方なく一緒にいるわけじゃないし、仲良しを装っているわけでもない。

あたしは、手錠を嵌めてしまった相手が香澄でよかったと思っているのだから。

庭に向かって開いた窓の網戸から、思い出したように風が入ってくる。

午前十時半を回ったところだ。家の中はまだ涼しいが、外はぐんぐん気温が上がっているのが、白く光る芝生で分かる。

三本のイーゼルが立てられ、みんなが鉛筆を走らせる音が響く。

その音に囲まれ、毬子は何かの罰のようにうなだれてあたしたちの真ん中に座っていた。

彼女は今、何を考えているのだろう。

ペパーミント・グリーンのワンピースを着て、黒いヘアバンドをした少女の目は虚《うつ》ろだった。ぼんやりと何かを考えているのか、目に膜が張ったようになっていて、何も見ていないかのようだ。そのくせ、時々ふっと目を上げて、形容しがたい複雑な感情を覗かせ、不安そうな暗い表情を浮かべる。

それでもまだ、彼女は充分に正しい少女だった。

悩む表情も、不安に曇る瞳も、彼女の美しさを損なってはいない。

頑張るのよ、毬子ちゃん。

あたしは心の中で声援する。

あんな小悪魔の言うことに翻弄《ほんろう》されちゃだめ。あいつは、自分の気に入った相手を支配しようと思ったなら、どんなものでも利用するし、どんな嘘でもつくんだから。

「月彦も描けばいいのに。退屈でしょ」

香澄が、ソファに寝転がって文庫本を開いている月彦に声を掛けた。

「別に」

月彦が文庫本越しにくぐもった声を返す。

そのそっけない返事に、香澄は小さく鼻を鳴らし、肩をすくめる。

「ほんっと、何しに来てるか分からないわね。あんたみたいに図体《ずうたい》の大きな子がそばでごろごろしてると鬱陶《うっとう》しいわ。その辺でジョギングでもしてきなさいよ」

「冗談じゃないよ、この炎天下にジョギングなんか。ほっといてくれよ。俺、ここに、ごろごろしに来てるんだから」

月彦は悪びれずに呟《つぶや》く。

「香澄さんたら、そんなに邪険にしないでよ。いいじゃない、そばに置いてやってよ。月彦の気持ち、分かってるくせに」

暁臣がいつもどおりの無邪気な声で言った。

月彦の気持ち。正直なところ、あたしにはあんまり彼の考えていることがよく分からない。こういう頑固で融通の利《き》かない男の子は、その不器用さを可愛いと思わないでもないが、面倒な時もある。なかなか自分の考えていることを言わないし、いきなりとんでもない行動に出たりするからだ。

「少し休憩しない？　毬子さん疲れたでしょう」

暁臣がみんなを見回し、毬子に目をやると、彼女は弱々しく笑った。

「そうね。ずっと見られてるのは疲れるよね。風邪は大丈夫？」

香澄はそう言って立ち上がり、毬子の額に手を伸ばした。

毬子がびくっとして、反射的に身を引き、香澄の手を振り払った。

「あ」

香澄と毬子が同時に叫ぶ。

香澄はきょとんとした顔をしていたが、毬子は自分のしたことに動揺したらしく、たちまち顔が真っ赤になる。

「あ。ごめんなさい、つい。あの、ちょっと朝から頭痛がしただけなんです。今は、もう大丈夫。馬鹿みたい、あたし、こんなことで、なんだか緊張してのぼせちゃって。すいません、顔洗ってきます」

しどろもどろになると、彼女は立ち上がりパタパタと洗面所に向かって走っていった。

ペパーミント・グリーンの裾が小さく翻《ひるがえ》り、見えなくなる。

みんなが動きを止めて毬子の後ろ姿を見送った。

一瞬、奇妙な沈黙が降りる。

誰もが無表情だった。おかしなことに、その時だけ、何を考えているかが分からないみんなが共犯者のように見えた。


どこかで小さな歯車が回り始めていた。

昨日は聞こえなかったたし、その存在に気付きもしなかった歯車。

今朝は歯車の存在に気付いた。けれど、まだその存在を遠くにしか感じなかった。

そして今は、キリキリというかすかな軋《きし》み音《おん》が聞こえる。

誰がスイッチを入れたのだろう? 暁臣か、毬子か。

あたしはこの音を前にも聞いたことがある。

遠い夏の日。

「塔のある」家のてっぺんの小さな部屋で、頬杖を突いて川面《かわも》を眺めていた、あの夏の日に。

あたしは知っている。

この音は、いったん聞こえ始めると何かが壊れるまで聞こえ続けるのだ。小さな歯車がその動きをもどかしいほどの実直さで隣の歯車に伝え、順繰りに少しずつ大きな歯車を回し、最後の大きな歯車が悲鳴を上げるまで。

香澄にこの音は聞こえているのだろうか。

台所でレモネードを作りながら、隣でガラスのレモン絞り器にレモンを押し付けている香澄を見た。

「レモネードとレモンスカッシュって、どう違うの？」

香澄は、飛び散る果汁に顔をしかめつつ聞いた。

「水で割るか炭酸で割るかの違いよ」

あたしはマドラーをからから鳴らしてグラスをかき回していた。

お昼を回る頃には風がぴたりと止んでしまい、家の中はどんどん蒸し暑くなっていった。みんな食欲がなくて、今朝作っておいたサンドイッチに手を付ける人はいなかった。

顔合わせの時期は過ぎた。大勢が一箇所で時間を過ごす時、最初の興奮の後でこんな幕間《まくあい》が来る。いったんみんなが引っ込んで、楽屋で一人になる時間が欲しくなるのだ。

あまりの暑さもあって、みんなが思い思いの場所で昼寝をしている。

二時過ぎくらいからベニヤ板に下絵を描く予定にしていたものの、家にこもった熱気の重圧を撥《は》ね退《の》けてまで、そんな重労働を伴う創作意欲は湧きそうにない。どうやら今日は、このままだらだらと過ごすことになりそうだ。

「ゆうべは何時までチェスしてたの?」

「十二時くらいかな」

「毬子ちゃんと暁臣を二人きりにした?」

「どうだろ。二人とも部屋にいない時があったから、その時がそうだったかも。どうして?」

レモン絞り器を洗いながら、香澄が聞く。

あたしはグラスにクーラーポットから水を注ぐ。

「暁臣が彼女に何か言ったらしいわ」

「何かって?」

「彼女が動揺するようなことよ。彼女、変だったでしょ、午前中」

「そうね。あの子、すぐ顔に出るから」

香澄の目は流しの中に向けられたままだ。

彼女は、めったに自分の考えていることを言わない。聞かれない限り言わないし、言う時でも一部しか口にしない。

『風と共に去りぬ』の一節を思い出す。主人公スカーレットの母親は、とてもしっかりした南部女性で、躾《しつけ》に厳しく、自分にも厳しかった。スカーレットは、母が椅子の背もたれに背中を付けているところを一度も見たことがない、という一節。

香澄を見ていると、不思議とこの部分が頭に浮かぶのだ。

背もたれに背中を付けたことのない少女。

彼女は誰にも寄りかからないし、誰にも影響されない。

もちろん、あたしにも。

「ふうん」

香澄が何かを思いついたように顔を上げた。

「そっか。暁臣は暁臣で、あの時のことを引きずってたのね」

「それはそうでしょう。きょうだいが死んでるんだもの」

あたしはテーブルの上に零《こぼ》れた果汁を台拭《だいふ》きでごしごし拭いた。

「ねえ、芳野《よしの》。気が付いてた？　あの子どんどん似てきてるでしょ」

香澄がこちらを振り返り、流しにもたれかかった。

「あの子って？　誰が誰に似てきたのよ」

あたしは香澄を見た。香澄はいつもの落ち着き払った目であたしを見る。

「暁臣よ。宵子《しょうこ》ちゃんに似てきたでしょ」

宵子ちゃん。

不意に、大きなリボンを頭に付けた、勝気そうな瞳が蘇《よみがえ》ってきた。

そうだった、暁臣の姉はそういう名前だった。なるほど、宵《よい》と暁《あかつき》か。ひょっとして、彼らの父親は天文マニアだったのかしら。

「そりゃ、きょうだいなんだから似てるのは当たり前でしょ。あの子たち、年子だったし、小さい時から顔もそっくりだったわ」

香澄は小さく首を振る。

「ううん、性格の方よ。小さい頃の暁臣はあんな性格じゃなかったわ。いつも宵子ちゃんの言いなりで、あの子の影みたいだった。なのに、今じゃ宵子ちゃんがそのまま大きくなったみたい」

「元々素質はあったってことなんじゃないの」

「そうかもしれないけど」

香澄はそれ以上は言わなかった。

彼女の言葉は氷山みたいだ。氷山は、九割近くが水面下にあるという。彼女の言葉の九割は、いつも冷たい水の中に沈んでいる。

「確かに、あの時毬子ちゃんは近くにいたのよね。覚えていないだろうけど」

香澄はグラスを載せたお盆をそっと持ち上げた。

「きっと、暁臣は自分の過去に彼女を引きずり込むつもりなんだ。それはちょっとばかり、ずうずうしいわよね」

香澄はちらっとあたしを見た。それは決してあたしに同意を求めているからではない。気に食わない、という単なる意思表明をしたに過ぎないのだ。

しかし、彼女は、自分が気に食わないことをそのまま放っておくことは、めったにない。


じりじりと太陽が世界を灼《や》き、ゆっくりと時間が過ぎていく。

あたしは誰もいないリビングで、一人画用紙と向き合っていた。

描きかけの絵は、なるべく間を置かず、一通り自分の中で区切りがつくまで作り上げてしまうことにしている。

モデルが座っていた椅子は空っぽだけど、そこに毬子が座っていた時のことを思い出しながら、絵の続きを描く。彼女のイメージと核は、もう捉《とら》えている。

あたしは物事に執着しない方だが、絵の中に自分のイメージを繋《つな》ぎ留《と》めることにはあさましいくらいに執着する。いったん全体像が浮かんだら、自分のイメージを一刻も早く紙に焼き付けてしまわないと安心できない。みんな、あたしの描くのが速いと驚くけれど、あたしにしてみれば、一瞬ごとにどんどんイメージが逃げていってしまうのが惜しいだけなのだ。描くべきものは決まっているのだから、あとは一刻も早く形にするだけ。それにはスピードを上げざるを得ない。

下絵はできたので、さっさと色を塗る。グリーン一色だけで、濃淡をつけて彩色することにした。

あっというまに完成。隅っこに「芳の」と小さくサインを入れる。

ペパーミント・グリーンの悩める少女。彼女の不安を、心の移ろいを、繋ぎ留めることができただろうか。

ホッとして背伸びをした時に、後ろの方に誰かがいることに気付いた。

伸びをしたまま振り返る。

「あら、そこにいたのね」

月彦が少し離れたところに立っていて、腕組みをしてあたしの絵を見ていた。

「あんた集中してたから、中断させたらまずいと思って」

少し意外に思った。そういうところは繊細な子なのだ。

「ありがとう。座れば?」

にっこり笑ってみせると、月彦は素直に隣の椅子に座った。

「うまいもんだ。しかも、凄《すご》く速いんだなあ。驚いた」

月彦はしげしげと絵を覗き込む。

「うふふ。どう、似てる?」

「うん、似てる。あの子の危なっかしいところとか、よく出てるよ」

しかもこの子は、ちゃんと分かっている。単なる芸術音痴の朴念仁《ぼくねんじん》というわけではなさそうだ。

「さすが美大を受けるだけのことはあるよ」

彼は素直に感心していた。あたしは肩をすくめる。

「受けるだけなら誰でもできるわ」

「神様みたいな顔して描いてた」

「神様？」

月彦の言葉の意味が一瞬分からなかった。言った本人も戸惑っているらしく、照れ笑いをしている。

「うん。うまく言えないけど」

「イッちゃってたってこと？」

「うーん。そういうのでもなくて」

月彦は言葉を探していた。その顔が思いがけず真剣で、見とれる。

女の子の輪郭がパステルカラーの色鉛筆で引いたものだとすると、男の子の輪郭は版画の線のようだ。彫刻刀で切り出した、迷いのない鋭い線。

「冷たい、というのも違うか。冷徹、も違うし。何かこう、全てを超越しちゃってる感じっていうのかな。そんなふうだった」

「ふうん。そうなんだ」

「俺はそう思ったけど」

描いている時の顔について、そんなふうに言われたのは初めてだった。

「全然迷わないのな。最初から決まってたみたいに、どんどん線を引いていくんだもの」

「そうよ」

「ほら、あれみたい。自動書記状態っていうか」

思わず苦笑した。

「やめてよ、あたし、そういうのはないわ」

「そうかな。あんたって、どことなく浮世離れしたところもあるし、ちょっと巫女《みこ》さんみたいじゃない」

「うちのおばあちゃんみたいなこと言わないでよ」

あたしはますます苦笑して手を振った。

「あんたのばあさん？」

月彦は怪訝《けげん》そうな顔になる。あたしは肩をすくめ、床からクロッキー帳を拾い上げてまだ使っていないページを開く。

「ふふ。うちのおばあちゃん、よく子供の頃から神様のお告げを聞いたんだって」

「へえ」

「感心しないで。単に思い込みの激しい人なのよ、よくいるでしょ」

「あんたにもその素質が伝わってるとか」

「よしてよー」

あたしは笑いながらもいやいやをしてみせる。

だが、胸の奥には苦いものが込み上げてきていた。

祖母は、自分が他人と違っていて、特別で、繊細だと信じたいタイプの人だった。それは、母や姉にも伝わっている。だが、祖母は歳を取るにつれてますますそれが強まり、今では何かの教祖を名乗って毎日離れの部屋で太鼓を打ち鳴らしているらしかった。今のところ信者は近所の幼馴染《おさなな じ》みだけにとどまっているし、金銭を取ったりしているわけではないからいいようなものの、祖母が「またゆうべもお告げがあったんじゃ！」と叫ぶのを聞くと、どうにもやりきれない気分になる。

「神様なんて、この世にいないわ」

そう。いたとしても、とっくに誰かに殺されてるに決まっている。

あたしはさらさらと鉛筆を走らせ始めた。

「えっ、まさか、俺のこと描いてる？」

「うん」

「よせよ。俺にはモデルなんか無理だよ」

「どうして？　いいじゃない、描かせてよ。受験勉強に協力して」

月彦は慌てて立ち上がる。

「怖いから嫌だよ」

「何が怖いの」

「あんな顔して、そんなふうに描かれたらたまんないよ」

月彦は、あたしの顔と、イーゼルの上にある毬子の絵とを交互に見た。

「そんなふうにって？」

「なんだか魂抜かれそうなんだもん」

真剣な顔で青ざめている月彦の顔を見て、あたしは思わず天を仰いで「あっはっは」と大声で笑ってしまった。

「やだ、月彦って意外に迷信深いのねえ。ひょっとして、三人で写真撮る時、真ん中になるのを嫌がるタイプ？」

「そんなことないよ」

あたしがなかなか笑い止まないので、彼は気分を害したらしく、むっとした顔を赤らめていた。

「分かったわ、描かない」

あたしがクロッキー帳を閉じると、彼は目に見えて安堵《あんど》した。全身の力を抜いて、椅子の上で片膝《かたひざ》を抱える。そんなところはやけに幼い。

「香澄が好きなの？」

ふわりと尋ねると、月彦は怒りと戸惑いを同時に示した。

あたしは抗議される前に口を開く。

「怒らないで。別に、悪いことじゃないでしょう。あたしだって香澄が好き。彼女は綺麗だし、とても魅力がある人だもの。それは月彦だって認めるでしょ」

月彦は、困ったような顔になった。

「そりゃ、あいつは目立つだろうけど」

そう言って言葉を飲み込む。

「自分の気持ちを認めるのが怖いの？」

あたしはのんびりと畳み掛ける。こんなふうに、さりげなく誰かの内緒の話を聞きだすのは得意だ。北風と太陽なら、あたしは間違いなく太陽だろう。

「誤解してるよ」

月彦は慌てて早口で言った。

「俺は、昔から気になってたことを確かめたいだけなんだ」

身体のどこかで、小さな鈴が鳴る。遠いところで聞こえる、警戒信号。

「気になってたこと?」

あたしは不思議そうな顔をしてみせる。彼が、どうしてもその先を説明しなくてはならないという心地になるような。

月彦は迷った。

あたしは静かに彼の顔を見ながら待つ。

とうとう、彼は口を開いた。

「確かにあいつは凄い奴だと思う。だから余計に確かめたいんだ」

「何を?」

「あいつの凄いのが、いい方になのか悪い方になのか」

月彦は床に目をやったまま答えた。

あたしの中で、鈴が鳴る。さっきよりも強く。

「いい方と悪い方ってどういうこと?」

あたしは更に畳み掛けた。彼は何を知っているのだろう?

「分からない」

月彦はますます当惑した顔で首を振った。

「俺にもよく分からないんだ。あいつには、昔からもやもやしたよく分からないところがあって、それがずっと気になってた」

その言葉は本音のように聞こえた。少し安心する。

「だから、それが恋愛感情よ。なぜだか分からないけど気になって、近よらずにはいられなくて、その癖会うと突っかかったりしちゃうんでしょ」

「違う」

月彦は即座に否定した。が、あたしは取り合わない。

「あら、それじゃあ月彦は、ちゃんと本物の恋愛感情を体験したことがあって、それとは違うと言い切るのね？」

彼はぐっと詰まった。

「それは」

「うふふ。認めなさいよ。素直になれば、世界が変わるわ」

そうよ。余計な事は考えない方がいい。不器用な男の子は、可愛い女の子の外側に意味を探していればいい。どうせ、彼女たちの過去や人格なんか、元々必要としていない癖に。あんたたちは女という記号が欲しいだけでしょう。手を繋いだ、キスした、やった。そういう戦利品を数え上げるためだけの記号が。

月彦は、敵《かな》わないという顔で首を振った。

が、何かを思いついたように急にあたしを見た。

「あんたは？」

「え？」

いきなりお鉢が回ってきて面喰《めんく》らう。

「あんたは香澄をどう思う？」

「どうって。好きよ」

あたしはあっさりと答えた。

「あいつって、どういう人間なの？」

あまりにもストレートな質問に、あたしはあっけに取られた。

「さあ、分からないわ」

これも正直な答え。あたしはいつだって正直なのだ。

「それでも好きなの？」

月彦は、理解に苦しむという顔をした。

あたしは再びあっさりと頷《うなず》く。

「ええ。理解できなくたって、好きになることはできるわ」

「俺にはできない」

月彦は首を振った。

あたしにはできる、と胸の内側でぼんやり繰り返す。

「ねえ」

少しして、月彦がまた何かを思いついたように声を掛けた。

「なあに？」

コーヒーテーブルの上の花瓶をクロッキーしていたあたしは、絵に目を向けたまま返事をした。

「香澄を描いた絵、ないの？」

「どうして？」

「あんたの描いた絵を見れば、あいつがどんな人間なのか分かるような気がして」

あたしは手を止め、のろのろと月彦の顔を見た。

その時初めて、あたしは、自分がまともに香澄の絵を描いたことがないのに気が付いたのだった。


全てのものが重力に縛りつけられているような夏の午後。

あたしたちはベニヤ板の置いてある納屋《なや》兼ガレージに足を踏み入れてみたものの、サウナのような暑さに閉口した。風がないのでシャッターを上げてもいっこうに熱が逃げず、こんなところでは十分と作業が続けられそうにない。庭に板を運び出してそこで作業するという手もあったが、あたしたちは完全にやる気をなくしていた。

「ひゃー、ひどい暑さね」

「板を運び出す気もしないわ」

あたしと香澄は絶句しながら中を見回した。

「やっぱり今日はお休みにしましょうよ」

あたしは手にしたハンカチで顔を扇《あお》ぎながら提案した。

うだるような暑さ。それまで気にしないようにしていた汗が、いっぺんに噴き出してくる。

「毎日こんな天気だったらちっとも作業ができないわねえ。九日間もあれば余裕だと思ってたのに、この調子じゃすぐに合宿期間が終わっちゃうわ」

きっと、この暑さは暫く続くだろう。毎日こんなふうにだらだらと過ごし、合宿後半になってようやく作業を始めたものの、始めてみると想像以上に時間が掛かって、真っ青になりながら絵の具を塗っているところが目に浮かんだ。いつも大体そんなふうになる。

「明日もこんなだったら、対策を考えましょうよ」

香澄はあっさりとあきらめて外に出る。

「対策って？」

「昼間寝て夜描くとかね」

「どこで描くの？」

「ここ」

「こんなところで夜に明かりをつけたら、虫が凄いわよ。閉め切ったら暑いし」

あたしは天井を見上げた。納屋には裸電球が幾つか下がっているのだが、電球の熱というのは結構熱いものなのだ。

「とにかく今日はやる気しないのよねー。芳野だってそうでしょ」

香澄は生欠伸《なまあくび》をした。確かに、その意見には同意せざるを得ない。

「うん」

「じゃあ、明日のことは明日考えましょう。ね」

香澄は、あたしたちの後ろに影のように立っている毬子を振り返った。

彼女は生気がなく、ぼんやりとそこに立っていた。顔が白く、目が落ち窪《くぼ》んでいる。

香澄は眉《まゆ》を顰《ひそ》めた。

「毬子ちゃん？　顔色悪いわよ」

「はあ」

「大丈夫？」

香澄が顔を覗き込む。午前中の時と違って、毬子の反応は鈍かった。

「なんだか、さっきから寒いのか暑いのか分からなくて」

どんよりした目で答える毬子の額を、今度こそ香澄の手が押さえた。

すぐにギョッとした顔になる。

「ちょっと、毬子ちゃん、凄い熱よ」

「え?」

「家の中に戻りましょう、横になった方がいいわ。脱水症状に気を付けなくちゃ。芳野、緑茶をいっぱい淹《い》れて、さましてくれる?」

香澄は毬子の肩を抱くようにして、家の方に歩き出した。僅《わず》かに遅れて、心許《こころもと》ない足取りで毬子も歩き出す。

「分かったわ」

あたしは早足でキッチンに向かった。

暁臣の言い訳だと思っていたが、本当に夏風邪を引いてしまったらしい。

お湯を沸かしながら、あたしはじっと窓の外を見つめていた。

ようやく陽射しの色が、夕暮れに近付いてきたことを知らせてくれる。

リビングでは、月彦と暁臣がチェスをしていた。

二人が無言で駒《こま》を動かしているところをぼんやりと眺める。

この二人も、よく考えてみると面白い組み合わせだ。およそ合いそうにない、全く夕イプの違う二人なのに、よく飽きもせずにつるんでいる。二人とも好き嫌いははっきりしているから、嫌々一緒にいるわけではなさそうだ。無心に盤面に集中している二人が遠く感じられる。

彼らは手錠で繋がれているわけではない。あたしたちのような結びつきは、彼らの間にはないのだ。

彼らを羨《うらや》ましく思う気持ちと、彼らに優越感を覚える気持ちとが、胸の中で絡まりあっていた。

香澄がキッチンに駆け込んできて、冷蔵庫からアイスノンを出すとタオルを巻きつけ始めた。あたしは急須《きゅうす》に茶葉を入れながら尋ねる。

「どう、様子は？」

「眠ってる。これまで立ってたのが不思議なくらい、ひどい熱だわ。彼女のおうち、今、留守なのよね？」

「ええ。親戚のところに行ってるみたいよ」

「連絡しなくても許されるわね、とりあえず」

早口で呟くと、香澄はすぐに引き返していった。

確かに、お預かりしますと言った手前、あたしたちの責任は重大だ。熱が下がらないようだったら、彼女の家族に連絡しなければならないだろう。

香澄はすぐに帽子をかぶって戻ってきた。

「あたし、薬買ってくる。冷めたらお茶飲ませてあげて」

「分かった。気を付けて」

「ねえ、どうかしたの？」

あたしたちの慌《あわただ》しい様子に気付き、暁臣がリビングから声を掛けた。

「毬子ちゃんが熱出したの。薬買ってくるからよろしくね」

「じゃあ、うちの薬局に行こう。自転車貸して。乗せてってやるよ」

月彦が立ち上がった。彼の家は薬局を経営しているのだ。

「そうか、そういやあんたの家、そうだったわね。助かるわ。そうだわ、ついでに食料も急いで買ってこよう。よろしくね、芳野」

「慌てないでよ」

大きなマグカップにお茶を注いでいるそばから、二人がぱたぱたと出て行った。

と、香澄一人が戻ってきて、玄関先からあたしを呼ぶ。

「芳野、お客さん来てる」

「あたしに？」

「彼よ、お姉さんの」

香澄が小さく目配せし、すぐに出て行った。

あたしは舌打ちした。まさかこんなところまで来るなんて。

急須を置いて、あたしは玄関から外に出た。もう香澄たちの姿は見えない。

「よお」

門のところで、レコードを掲げてあの男が笑う。赤いシャツをズボンの外に出し、片手をポケットに突っ込んでいる。ひょろりとした身体に、端整だが不健康そうな顔が乗っていた。

指先の薄皮を剝《は》ぐような不快さが込み上げてきた。

「よくここが分かったわね。萩野《はぎの》は?」

努めて何気ない調子で声を掛ける。

あたしはこの男が嫌い、と心の中で呟く。

「ああ」

直樹《なおき》は大袈裟《おおげさ》に頷いた。

「暑いからここまで歩くのは嫌だって言ってね。途中の喫茶店で待ってるよ」

なるほど。確かに、自分の身体を動かすことの嫌いな萩野が、炎天下、こんなところまで歩いてくるはずがない。直樹が一緒でなければ、途中までだって来なかっただろうし、ましてや彼女自身であたしにレコードを持ってきてくれることなどなかったはずだ。

「お友達、美人だね。自転車漕《こ》いでたのは、彼氏?」

直樹は、後ろを振り返る仕草をした。

こういう何気ない仕草に、この男の卑しさは表れている。こいつの頭の中には、いかに綺麗な女の子とねんごろになるかということしか詰まっていないのだ。

「彼女のいとこよ。レコード、ありがとう。悪いわね、わざわざ」

「いいや。芳野ちゃんのためなら」

直樹は肩まである髪をかきあげて、恩着せがましくレコードを差し出した。

「すみません」

レコードを受け取る。

元々あたしのレコードなのに、萩野が持ち出してこの男に貸していたのだ。

東京の音大に行っている萩野が今週帰省するとは聞いていたが、やっぱりこの男もくっついてきたのか。ここに来ていれば、二人と顔を合わさずに済むと思っていたのに。

「なかなかいい家だね。ホームコンサートくらい開けそうだ」

直樹はあたしの頭越しにじろじろと家を覗きこんでいた。

この男もミュージシャンもどきのはず。萩野とは同じ大学の違う学科だったと記憶している。作曲科だったか、管楽器だったか忘れてしまった。

「一緒に帰ってきたの?」

不快さを押し殺しながら尋ねる。

「まあね。お母さんも、家に泊まるよう親切に勧めてくれたしね」

じゃあ、こいつは我が家にいるのだ。家にいなくて本当によかった。

「いつまでこっちに？」

「週末は、軽井沢の友人の家に二人で行く予定なんだ」

「こっちも暑いものね」

「芳野ちゃんも一緒に行かない？」

「無理だわ、舞台の大道具を仕上げなきゃならないんだもの」

あたしはあきれた。あたしが一緒に行くのを萩野が許すはずがないではないか。それでなくとも、萩野は自分の恋人を妹が盗もうとしているという強迫観念にとりつかれている。それというのも、こんなふうにこの男がやたらとなれなれしくするからなのだ。

だが、直樹だけではなかった。姉に近寄ってくる男や姉が夢中になる男は、どこかやさぐれた、崩れた雰囲気の男が多い。萩野は面食いなので、どの男もハンサムで女にもてるタイプだけど、本人もそのことを自覚している遊び人ばかりだ。感情の起伏が激しく気まぐれな萩野とは対照的なあたしは、そういう男たちには新鮮に映るらしい。決まって、彼らは姉のいないところであたしを口説《くど》いてくる。すぐに「誰にも内緒で」二人きりになりたがり、「もっとゆっくり話をするために」暗いところへ行こうとする彼ら。そのあまりのワンパターンぶりに、あたしは辟易していた。いつも同じような趣味の悪い男を連れてくる姉や、そういう男を娘と一緒になって歓待する母にも。

よくあの母が、父のような真面目な公務員と一緒になったものだ。しかし、よく考えてみれば、彼女の好みの男ではそうそう関係は長続きしそうにないし、彼女の好むようなタイプの男は、子供が出来たらさっさと相手を捨てるか、よそに新たに女を作るかだろうから、今のような健全な家庭は存在していなかっただろう。むしろ母と一緒になった父の方をほめるべきかもしれないし、なぜあの母と一緒になったのか、後悔はしていないのか、いつか聞いてみたいところだ。

「何か手伝おうか？ 力仕事とかあるんじゃないの」

思わせぶりな口調で直樹が囁《ささや》く。彼はそういう口調がセクシーだと信じているらしい。

「大丈夫。先生が来てくれるから」

さりげなく嘘をつく。こういう男は、教師だの勤め人の父親だのが苦手なはず。

「そうか」

案の定《あんじょう》、彼の声から思わせぶりが消えた。が、すぐに立ち直る。

「一日くらい一緒に遊ぼうよ。せっかくの夏休みなんだし、お城とか、観光地を案内してくれないかな」

「悪いけど、今週は無理だわ。演劇祭まであまり時間がないんですもの」

あたしは肩をすくめてみせた。

それでも直樹はぐずぐずしていた。この蒸し暑いのにここまで粘るとは。直樹、意外な持久力だ。だけど、はっきりいって、あたしは暑いの。早く家の中に戻りたいのよ。

だんだんイライラしてきた。

「何か萩野に伝言ある？」

ようやく引き返す気になったのか、直樹が未練がましく言った。

「ううん、別に。軽井沢は涼しいといいわね」

一応そう言い添える。

「これさ、俺んところの電話番号」

直樹は、いきなりポケットから出した紙切れをあたしの手に押し付けた。汗ばんだ手の感触に、おぞましさを感じる。

「芳野ちゃんも来年は東京だろ？　受験の時とか、何か困ったことがあったら電話してよ。いつでも馳《は》せ参《さん》じるからさ。夕メシくらいご馳走《ちそう》するよ。なんでも相談に乗るし」

あんたが乗りたいのは相談じゃないでしょうに。

「ありがとう」

あたしは一応笑ってみせた。ありがたいことに、あたしは感情が顔に出にくい。

「じゃ、また」

直樹はあたしの笑顔を額面通りに受け取ったらしく、満足そうな笑みを浮かべて歩き出した。もし今の様子を萩野が見ていたら、あたしがいい顔をしたとか、誘惑したとか、また喚《わめ》き散《ち》らすのだろう。彼女の喚き声は破壊力があるから、声楽科を選んだのは正しい選択と言えるかもしれない。

猫背気味の、赤いシャツの背中を見送る。

あたしはレコードを抱えたまま、突然、遠ざかる赤いシャツに目の前が白く凍るような憎悪《ぞうお》を覚えた。

憎悪に心を占領されたままその場に立ち尽くす。

直樹が憎いのではない。そっくりな母と姉や、何も言わない父や、お告げを受ける祖母が憎いのでもない。あたしは、この蒸し暑い場所に立ってレコードを抱えている自分の存在そのものを憎悪していた。

じりじりと降り注ぐ陽射しの下で、どれくらいそうしていただろうか。

憎悪が身体から消えるのを待って、あたしは家の中に戻った。

レースのカーテンが窓辺で揺れていた。夕暮れが近付いてきて、ようやく、風が入ってくるようになったようだ。

お茶はまだ熱かったので、少し氷を浮かべてみる。たちまち溶けてぬるくなったので、マグカップを持って奥の和室に向かう。

部屋に入ろうとすると、話し声が聞こえた。

「──駄目だよ」

暁臣だ。

「駄目だよ、熱なんか出したくらいじゃ許してあげないよ」

毬子の返事は聞こえない。

「ねえ。思い出したの？　だから、熱が出たの？」

どうやら、眠っている毬子に独り言のように話し掛けているらしい。

全く、どいつもこいつも。油断も隙《すき》もありゃしない。

急に腹立たしくなってきた。

暁臣が、タオルケットの上の、毬子の白い手を取ったのを見て、あたしはわざと音を立てて部屋に入った。

「おいたはやめてね、病人に」

「看病してるだけじゃない」

軽く睨《にら》みつけると、暁臣は悪びれもせずに毬子の手をタオルケットの上に戻した。

「変なこと言って悪化させないでちょうだい」

「ひどいなあ。あ、お茶、僕も貰《もら》っていい？」

「キッチンのテーブルに置いてあるから自分で取ってきて」

「ちぇっ」

暁臣は肩をすくめた。もう一度あたしをキッチンに戻らせようとしたって、そうはいかない。

「よく眠ってるわね」

あたしは毬子の枕元に正座した。

パジャマ姿の彼女は、ぴくりとも動かない。ぐったりと青い顔で横になっているところはあまりにも無防備だ。かすかに胸が上下しているのを確認してホッとする。アイスノンを裏返して載せようとした時、額に触れていたところが温かくなっているのにびっくりした。相当な熱を出しているのだ。

「やっぱりショックだったのかなあ」

暁臣がぽつんと呟いた。

さすがの彼も、自分の言葉の効果に後ろめたさを感じているらしい。

「いったい何を言ったの。愛の告白でもしたわけ?」

暁臣は首をかしげてみせる。

「違うよ。香澄さんの話さ。子供の頃の話」

あたしは思わず暁臣の顔を見た。

てっきり、暁臣自身の話だと思っていたのだ。

「香澄の話って、何?」

自分の声が用心深くなっているのが分かる。

「彼女、香澄さんが香澄子《かずこ》さんだって全然気が付いてなかったよ」

「そんな話をしたの？」

あたしは叫び出したくなるのをぐっとこらえた。どうしてそんな余計なことを。

「だって、不安がってたんだもの」

暁臣は唇を尖《とが》らせる。

「毬子ちゃんが？　何を？」

努めてさりげなく尋ねる。

「香澄さんのこと」

「どうして」

「彼女、月彦にいろいろ吹き込まれてたんだ」

どきりとした。月彦に。やっぱり。

「吹き込まれるって、何を」

「終業式の日も彼女に会いに行ったらしいよ。僕は、月彦から聞いたわけじゃないけど、彼が彼女の通学路で待ち伏せしてるのを見たから」

「月彦が彼女を？」

まったく、ぶっきらぼうで不器用な少年というものは、何をしでかすか分からない。

「うん。彼女にも聞いた。香澄さんに近付くなって言われたんだって。ここに来てからも、香澄さんが毬子さんに何かひどいことをするからその前に帰れって言われたって」

「なんでまた」

あたしは予想もしていなかった答えにあっけに取られた。

「さあね」

暁臣は醒《さ》めた声で毬子の顔を見た。

閉じられたまぶたは、放り出された人形のようだ。起こすと目を開ける、西洋人形。

「でも、月彦は何かを知ってるんだ」

「何かって」

更に平静を装って尋ねる。

暁臣は探るような目付きであたしを見た。

「香澄さんの秘密」

またどこかで鈴が鳴る。気をつけろ。警戒せよ。

あたしは無表情に暁臣の顔を見返す。ポーカーフェイスなら、彼に負けない自信がある。

「どんな秘密?」

「芳野さんも知ってるんじゃないの?」

「綺麗な女の子には秘密がつきものよ」

「ごまかさないで」

「暁臣は知っているの？」

「僕は知らない。気になってることはあるけどね。でも、僕が気になってることは、月彦のとはちょっと違うと思う」

「例えば？」

「例えば、芳野さんが、あの当時『塔のある』家に住んでいたこと」

あたしは、暁臣の顔を見つめた。これは真剣勝負だ。彼の目から彼の心を読み取らなければ。彼が何を考えているのか。彼の目的は何なのか。

暁臣はたじろぐ様子もなく、あたしと目を合わせていた。

そっくりな顔。大きなリボンを付けたあの女の子と同じ顔。

こんな時は、胸の中でゆっくり呼吸し、ふてぶてしく首をかしげてみせるべきだ。

「それがどうかした？　今はもう、あの家はないわ」

「今は別にどうでもいいんだ。でも、あの夏、芳野さんはあの家に住んでいて、いつもあのてっぺんの部屋にいたよね」

あの夏。

頬杖を突いて外を見ていた自分の姿が目に浮かぶ。

「懐かしいわ。あの当時は、あんな小さな部屋でも随分広く感じたものよ。あたしには一つの世界みたいだった」

あたしはさりげなく会話の方向を思い出話にずらそうと試みる。

が、暁臣はその手には乗らなかった。

「あの部屋からだったら、この家も、川べりの道も、よく見えたんじゃないかって思って。僕が気になっているのはそのことさ」

あたしは頭を働かせていた。彼は何のことを言っているのだろう。彼は何を知っているのだろう。彼はどこまで知っているのだろう。

だが、これが彼の誘導尋問であるという可能性も大いにある。それに乗ってはいけない。

「確かにこの家は見えたけど。あたしが何を見たっていうの？」

おっとりと答え、彼の返事を促す。

「さあね。月彦が気になってるものじゃないの」

彼も、具体的なことは口に出そうとしない。今は彼に合わせているのが無難なようだ。

「月彦も、気になることがあるのならさっさと直接香澄に言えばいいのに」

「だから、なかなか言えないような内容なんでしょ。毎年言おうとしてここに来るのに、いつも挫折《ざせつ》してるみたいだし」

「そうだったんだ」

あたしはぼんやりと頷いた。

月彦が香澄に屈折した感情を抱いていることは承知していたものの、毬子に警告までしていると聞いて意外に感じた。彼は、香澄が毬子に何をすると考えているのだろう。

「何を許してあげないの？」

あたしは無意識のうちに尋ねていた。

暁臣が、ちょっとだけ動揺するのが分かった。あたしに聞かれているとは思っていなかったらしい。が、すぐに気を取り直して彼はまた肩をすくめた。

「僕たちの罪」

「僕たちって、暁臣と誰の」

「毬子さんさ」

「どうして毬子ちゃんも？」

「そんなこと聞かないでよ。聞くだけ野暮だよ」

暁臣は澄まして答える。

香澄が何か言っていたっけ。あたしの顔を見て、何か言った。

暁臣は、自分の過去に彼女を引きずりこもうとしているのよ。

あの時は聞き流していたが、あれはどういう意味だったのだろう。香澄も何かを知っているのか。

急に、得体の知れない不安が込み上げてきた。あたしが手錠に繋がれている相手は誰だったのか。なくしたと思っていた鍵には幾つか合鍵があって、実はみんなが持っていたと知らされたような気分になる。

「――待って」

突然、毬子の口から言葉が飛び出したので、あたしと暁臣はぎょっとして彼女を見た。目を覚ましたわけではなかった。

何かの夢を見ているらしい。うわ言だ。

「まっ…て。け…ん」

声が幼くなった。最初に発した声に比べると、少し舌足らずな感じになる。

けん？　誰かの名前か。

彼女はタオルケットの上で指を動かしていた。が、急にぎゅっと両手の拳を握って振り上げ、空中で小刻みに動かす。

暁臣と顔を見合わせる。

「何をしてるのかしら？」

「夢の中で何かしてるんじゃない？」

二人でぼそぼそと囁きあうと、彼女の手の動きが止まった。

次の瞬間、ぱたんと手を落とし、毬子は再び眠り込んだ。

「とにかく、あまりいい夢じゃなさそうね」

あたしはそっと彼女のこめかみの汗を拭《ぬぐ》った。

暁臣は、青ざめた顔で、じっと彼女の指先を食い入るように見つめている。


目を覚ましたところを見計《みはか》らって冷ましたお茶をたくさん飲ませると、毬子はかなり楽になったらしく、徐々に顔色が戻ってきた。

そのうちに月彦と香澄が戻ってきた。香澄も、毬子の顔を見て安堵したようで、夕食後に薬を飲ませようということになる。

だが、毬子は全然食欲がないので、せめてもの腹の足しにと、豆腐と葱《ねぎ》の味噌汁《みそしる》を作ることにした。

「時間ないから、駅弁買ってきちゃった。今日はこれで済ませてね」

香澄がぺろっと舌を出した。

「遠足みたい」

暁臣が、テーブルの上に並べられた種類の違う弁当を見比べる。

「花火も買ってきたのよ。毬子ちゃんが起きられるようになったら、みんなでやりましよ」

「やっぱ、花火やるなら最終日だよね」

「それも、線香花火ね」

すっかり日が落ちて、やっとみんなも意識を取り戻してきた感じだ。濃い味付けの駅弁が、ようやく食欲というものを思い出させてくれた。他愛のない話をしながら、みんなでもぐもぐと駅弁を食べる。冷たいご飯がおいしい。

香澄が、毬子に味噌汁と薬を持っていった。

食事というのは、時に虚しくて、恥ずかしくて、哀《かな》しい。ライオンのように、一度食べたらひと月食べなくても平気だったらいいのに。一日のうちに必ず何度か、胃を満たすためにごそごそと台所を動き回り、口を開いて食べ物を入れ、くちゃくちゃ咀嚼《そしゃく》しなければならないなんて、なんて惨めで屈辱的なんだろう。

もっと哀しいのは、そんなことを考えつつも手は勝手に動いて残さず食べてしまい、満足して寛《くつろ》いでしまっていることだ。どんなに普段は気取ってみせても、しょせんは動物に過ぎないことをつくづく思い知らされる。

お弁当というのは、日頃の条件反射なのか、一時間以内に食べ終わる癖がついている。

みんなが手持ち無沙汰《ぶさた》な表情になった。

まだ夜になったばかり。毬子がいないと、あとはお馴染みのメンバーだから、やけに所帯じみた倦怠感《けんたいかん》が漂う。

が、そこに香澄が、ひょいと白ワインのボトルを出してきた。にっと笑って唇に人差し指を当てる。

「四人で飲めば大した量にはならないでしょ。内緒よ」

「僕、開ける」

暁臣が手を差し出した。香澄がオープナーとボトルを渡す。

「――叔母さん、ワイン好きだったよな」

月彦がぽつんと呟いた。

香澄が意外そうな顔をした。

「よくそんなこと覚えてたわね」

「俺、昔、この家に来てよく空のワインボトルで遊んでたんだ。庭に並べて、西部劇みたいにパチンコで狙《ねら》って。叔母さんが、ポーチのところでそれ見てゲラゲラ笑ってたのを覚えてる」

不意に、からん、という音がした。空っぽのボトルが転がる音だ。

テーブルの上を見たが、ボトルをつかんだ暁臣が器用にオープナーを回し、きりきりとコルクを抜いているところだった。

今の音は？

「そうだったわね。今のお母さんはお酒が全然駄目だからね。お父さんも家では飲まないし。これ、お中元で貰ったやつなの。冷蔵庫に入れっぱなしにしといたみたい」

香澄が独り言のように呟きながらみんなにグラスを配った。

「今のお母さんて、どう？」

ぽん、と明るい音を立てて暁臣がコルクを抜いた。

「どうって？」

香澄が暁臣からボトルを受け取り、みんなのグラスに注いでいく。

「家の中を見た感じだと、趣味のいい落ち着いた人って感じじゃない？　僕、あんまり話したことないからなあ」

暁臣が調度品を見回した。確かに、シックでセンスがいい。普通、モノを減らしてインテリアを統一すると、マンションのチラシの部屋みたいに嘘臭くなってしまうものなのに、この家は生活感と美しさがしっくり溶け合っている。

「いい人よ」

香澄は簡潔に答えた。

「お父さんは、あの人と再婚してよかったわ」

「デザイン関係の仕事してるんだっけ？」

月彦がくんくんとワインの香りを嗅《か》ぎながら尋ねた。

香澄は頷く。

「インテリア関係のファブリックの輸入をやってるのよ」

「ファブリックって？」

「布全般よ。カーテンとか、マットとか、ベッドカバーとか」

「ふうん」

「いい人だわ」

香澄は、もう一度念を押すように言った。誰も反論できないような、きっぱりとした口調だった。

「でもさ、地味な人だよね、叔母さんに比べると」

月彦が呟いた。

「歳のせいじゃないのかな。あんた、若かった頃のお母さんと比べてるでしょ。今のお母さんだって綺麗な人よ」

香澄が醒めた口調で答える。

月彦は珍しく粘った。

「そうかもしれないけど、叔母さんは誰が見ても華やかで綺麗だったじゃん」

「派手な人だったわね。さあ、何に乾杯しようか」

香澄が、月彦の話を遮るように声を張り上げた。

きっちり四等分のワインを注いだグラスをみんなで持つ。

「演劇祭の成功を祈って。正直に言えば、それまでに絵が間に合うことを祈って」

あたしは無難なところを口にした。

「毬子ちゃんの回復を願って」

香澄も妥当な線だ。

「香澄がこの家に戻ってきたことを祝って」

月彦が、やけにはっきりとした声でそう言った。なんとなく、みんなで彼の顔を見る。

彼の表情に変化はないので、反射的に暁臣の顔を見る。

暁臣は間を取っていた。急にことんとグラスを置いてしまい、椅子の背の後ろで手を組み、じっとテーブルの上のグラスを見つめている。

「何よ、暁臣。あんたは何に？」

香澄が促す。

「——今はもうなくなってしまったものに」

暁臣は低い声で答えた。

「なんだよ、それ」

月彦が突っ込む。

暁臣は怒ったような顔で身体をそらし、椅子の背を斜めに倒した。

「言ったとおりだよ。今ではもう存在しないもの。香澄さんのお母さんや、僕の姉貴や、ボートや、『塔のある』家や、」

　そこまで言うと、暁臣は急に口をつぐんだ。

「何よ」

　あたしは思わず口を開いていた。

「何でもないよ」

「『塔のある』家や。そのあとは？」

「やあね、気になるじゃないの。あとは何をなくしたっていうの」

「言い間違いさ」

　暁臣は首を振るばかりだ。

「とにかくかんぱーい」

　香澄がグラスを掲げ、みんなもつられて手を上げた。

　ワインはよく冷えていておいしかった。澄んだ香りが鼻腔《びこう》をくすぐる。少しずつ舐《な》めていると、周囲の空気が柔らかくなってきたような気がする。

「早いもんだな。もう十年経つのかあ」

　月彦が呟く。

「まだ犯人はつかまってないんだろ？　今もそいつはどこかにいるって考えると不気味

だよな」

香澄が冷ややかな目で月彦を見ると、低く笑った。

「――いいわよ」

「え?」

戸惑う月彦を、彼女は正面から見据えた。

「月彦はどうしてもあたしの母親が死んだ時の話をしたいようね。いいわよ、聞いてあげる。あなた、あたしの母にとても懐《なつ》いていたものね。あたしの顔を見に来るのも、あたしにお母さんの面影《おもかげ》を探してるからなんでしょ」

香澄はテーブルの上で手を組み、そこに顎《あご》を載せた。

「別に、そんなわけじゃ」

月彦はしどろもどろになった。顔が赤くなっているのはワインのせいか、別の理由なのか。あたしは興味深く彼の顔を観察した。

なるほど、彼が香澄に対して複雑な表情を見せていたのはそういうことだったのか。

彼が追慕していたのは、香澄ではなく、香澄の中の叔母だったのならば、あの屈折の仕方は納得できなくもない。香澄は身内に対してもクールだし、彼女が過去に執着しないこと、犯人を探そうという意志を示そうとしないことも彼に取っては不満なのだろう。

それが、昼間彼が言っていた、「香澄がいい方なのか悪い方なのか」という強迫観念になっているのかもしれない。

「ねえ、犯人は誰だと思う？」

香澄は愉しむような目付きで月彦を見た。

「そんなの、分からないよ」

月彦は不愉快そうな顔でテーブルの上に目を落とした。

「香澄さんは、犯人に心当たりないの？」

暁臣が口を挟んだ。

香澄は奇妙な笑みを浮かべた。

「あるわ」

「誰？」

月彦が顔を上げ、訝《いぶか》しげな顔で香澄を見る。

香澄は笑みを浮かべたまま口を開いた。

「あの頃、母親がつきあってたどこかの大学の講師」

「え？」

「何よ、知ってるくせに。今更初めて聞いたふりをするとは驚きね」

香澄は月彦の方に身を乗り出した。月彦はぎょっとしたように身体を引く。

「月彦のお母さん、あたしがそばにいてもよく言ってたわよ。妹は本当に恥知らずだって。夫の留守に日替わりで男を引っ張りこんでるって」

月彦は今度こそカッと赤くなった。それは羞恥《しゅうち》らしく、彼は決まり悪そうに目を逸《そ》らして呟いた。

「そんな」

「そしてもう一人」

香澄は月彦の表情などお構いなしで呟いた。

「誰?」

暁臣の方は、好奇心を隠そうともせずに身を乗り出す。

「父よ」

香澄はあっさりと答えた。

暁臣はぽかんと口を開けた。

「お父さん? 香澄さんの?」

香澄はゆったりと頷いた。

「そうよ。当然でしょ。一番母を憎んでいる人を選ぶとしたら、父でしょう」

香澄は、まるで自分のことではないような口調だった。

どうしたんだろう。二人を挑発しているかのような——こんな香澄は見たことがない。

しかも、この堂々とした話し振り。

何かがおかしい。

また何かの音がした。からん。鈴の音ではない。どこかでワインのボトルが倒れる音。

しかし、顔を上げると、テーブルの上のボトルは空っぽで、微動だにせずひっそり置かれている。

「だけど、どっちの男にもアリバイがあったんだよね？」

暁臣は淡々と続けた。

「当時も、香澄さんのお父さんと、お母さんがつきあってた若い男が徹底的に調べられたって聞いたよ。香澄さんのお母さんの死亡推定時間は午前四時くらいだったんでしょう？　だけど、あの日、香澄さんのお父さんは出張で前日から博多に行っていたし、つきあってた若い男は確かに前の晩十二時過ぎまでこの家に来てたと認めたけれど、そのあと家に帰って大学の仲間と部屋で飲んでたことが確認されている」

暁臣は当時のことを調べていたらしい。

「それで、香澄さんは、午前一時過ぎに玄関から雨が吹き込む音で目が覚めて、家の中に誰もいなかったので怖くなって、芳野さんの家に行った」

暁臣はあたしの顔を見た。

「塔のある」家。頬杖を突いていたあたし。

あの場所からだったらいろいろなものが見えたんじゃないの？

彼の声が聞こえる。

香澄がゆっくりと頷いた。

「あの日はひどい天気だったわ。低気圧が通過する最中で、川も増水してた。窓を開けてなんかいられなかった。目が覚めた時、雨の吹き込む音と、風でドアがばたんばたんいっていたの。お母さんを探しに行ったけど、家の中は無人だった」

静かな声。独り言のような。

「怖かったわ。外は大荒れなのに、お父さんもお母さんもいない。冷たい雨の中を一生懸命、芳野の家まで走ったわ。普段は近いのに、すごく遠く感じた」

あたしたちは、布団にくるまって震えていた。嵐が過ぎ去るのをずっと朝まで待っていた。恐ろしい夜。雨や風が、世界中からあたしたち二人目掛けて殴りかかってくるように思えた。

「ずっと朝まで芳野といたわ。芳野のお父さんが、ずぶ濡《ぬ》れになりながら家を見に行ってくれた。やっぱり誰もいなかったって。芳野のお父さんが起きていてくれて、朝になって警察を呼んでくれたの」

永遠に朝が来ないのではないかと思った夜だった。あんなに長い夜は、これから先も経験することはないだろう。小さなあたしたち。弱いあたしたち。

あたしたちは手を握りあって、布団の中でじっと目を凝《こ》らしていた。

あの日から、あの夜から、あたしたちはずっと繋がれたままなのだ。

「だから、結局、行きずりの人間の犯行ってことになったんだよね。香澄さんのお母さんが、家を出てから三時間、あの嵐の中、どこに行っていたのか。さんざん捜査したけど、とうとう足取りはつかめなかった。そして、お昼近くになって、ずっと下流の方で、ボートの中で首を絞められて亡くなっているのが見つかった」

暁臣のシニカルな説明に、香澄はかすかに頷いた。

「それでも、やっぱりあの男かお父さんが犯人だっていうの？」

「ええ。動機から言えばね。どうやってやったのかは分からないけれど」

香澄は無表情で頷いた。

「誰かを雇ったとか？」

「さあ、そこまでは分からないわ。もしかすると、二人で共謀したのかも」

「お父さんと恋人が？」

「さあね」

香澄は、淡々とした口調で恐ろしいことを言う。

テーブルの上に、殺伐《さつばつ》とした雰囲気が漂った。

月彦は終始無言で、痛々しいような目で香澄を見ている。

「どう、月彦。これがあたしの意見だけど」

香澄はさばさばした顔つきで月彦を振り返る。

「俺は──俺には分からない」

彼は混乱した顔で小さく首を振った。

香澄は不思議そうな顔になる。

「だけど、ずっと気になっているわけでしょう。何があなたを悩ませているの。あたしだって気になっていないわけじゃない。すぐ近くに犯人がいるのかもしれない。そいつは近所で大手を振って歩いているのかもしれない。だけど、どこの誰とも知らぬ人間のことを考えていると、怖くなって何もできないし、家も出られない。だから、気にしないように努力してきただけよ。お父さんも、住む環境を変えて、名前も変えて、あたしの気分が変わるようにしてくれた」

香澄は小さく溜息《ためいき》をついた。

「でも、東京に引っ越してからは、結局ここでの暮らしが心の棘《とげ》になってしまった。全てを変えることで、かえって不安を心の底に隠してしまうことになった。お父さんが再婚することになって、相手の家の事情で養子になってくれと頼まれた時、お父さんはあっさりと承知したわ。二人の仕事の関係でこっちに戻ることになった時、お父さんに、もう一度この家に住みたいと頼んだのはあたしなの。この家が、大事な幼年時代を過ごした場所が、嫌な記憶になってしまうのが許せなかった。あたしは闘ってきたわ。なのにあなたは毎年あたしの顔を見て、お母さんが殺されたことを思い出せと言うのね。そして、そのことに熱心にならないあたしを冷たいとなじるんだわ」

月彦はショックを受けたようだった。

のろのろと首を振る。

「俺は、そんなつもりじゃ」

「分かってるわ」

香澄は月彦に掌を向けた。

「だから、あなたの言いたいことを聞こうと言ってるんじゃないの。何か言いたいことがあるんじゃないの？」

月彦は青ざめ、震えるように溜息をついた。

「――俺が気になっているのは」

消え入りそうな声で答える。

「薬のことなんだ」

「薬？」

みんなが声を揃《そろ》えた。

月彦は、あきらめたように座り直した。

「俺、子供の頃、叔母さんに頼まれて、何回か叔母さんに薬を持っていった」

「何の薬?」

暁臣が尋ねる。

月彦は溜息のように答えた。

「——睡眠薬」

あたしは思わず香澄の顔を見た。

香澄は無表情のまま聞いている。

月彦はあきらめたような口調で続けた。

「叔母さんからは、叔父さんから頼まれたと言うのよ、と強く言われていた。仕事が大変で、出張が多くて、旅先でよく眠れないから、あとに残らないくらいに寝付けるお薬をくださいって、叔父さんに頼まれたからって」

「それで?」

香澄が低く尋ねた。

月彦は躊躇《ちゅうちょ》したが、頷いた。

「親父に頼んで、持っていったよ」

「持っていくと、どんなご褒美《ほうび》をくれたの?」

香澄の口調には、嘲《あざけ》りが入っていた。

月彦は慌てたような顔になる。

「いや、別に。頭を撫《な》でてくれて、お菓子をくれたり」

香澄は身を乗り出した。

「抱きしめてくれたりした?」

「香澄」

月彦は怒りを滲《にじ》ませた目で彼女を睨みつける。香澄は両手を広げた。

「失礼。美しい思い出を汚してごめんね」

香澄の冷ややかな声にムッとしたのか、月彦は何かを言おうとしたが、すぐに自制心を発揮してそれを引っ込めた。小さく咳払《せきばら》いし、落ち着いた声に戻る。

「とにかく、あの薬を使っていたのは叔母さんだったはずなんだ。叔母さんは、薬を台所に隠していた。そこに溜めていたんだ。当時の俺にはよく分からなかったけど、叔母さんは笑いながら言っていた。一人ぼっちになると、自分が嫌で嫌で眠れないことがあるの。ワインに頼っても、明け方目が覚めちゃって、つらくてたまらないの。そんな時、月彦ちゃんが持ってきてくれたものが役に立つのよ、月彦ちゃんがおばさんを助けてくれてるのよって――」

突然、月彦が話を止め、ハッとした顔になった。

「おい、暁臣」

急に睨みつけられて、暁臣はびくっとした。

「なんだよ、びっくりするじゃん」

「分かったよ」

「何が」

「さっきおまえが言ってたこと」

「僕が?」

暁臣はきょとんとする。

「なくしたもの。今はもうないもの。あの時はあったもの」

暁臣の顔が見る見る青ざめる。

なぜ彼はこんなにも青ざめるのだろう。あたしは不思議に思った。

「——犬だ」

月彦は目を見開き、暁臣に向かって身を乗り出した。

「そうだよ、犬がいなくなったんだ。叔母さんは、俺が持っていった睡眠薬を、ドッグフードの箱の底に隠していた。あの箱を思い出したんだ」

月彦の声は、いつのまにか大きくなっていた。

「あの頃、少し前から叔母さんは犬を飼っていた。ほんの短い期間だったから忘れてた。確か、浮気相手のその男に貰ったんじゃなかったか? だけど、叔母さんと一緒にいなくなって、二度と戻ってこなかった。確か名前は」

頭の中に、からーんとひときわ大きな音が響いた。

脳みそに閃光《せんこう》が射しこんだみたいな感覚。

犬だ。そうだ、この家には犬がいた。真っ黒な、大きい犬。家の中を歩き回って、おばさんの飲んだワインボトルをしょっちゅう倒していた。なんだかいつも獰猛《どうもう》で、落ち着きがなくて、怖い犬だった。

あたしたちはあの犬が嫌いだった。

「――健太」

香澄が答えた。

どこかで聞いた名前。

次の瞬間、あたしと暁臣は同時に目を合わせていた。

(け…ん…)

さっき毬子がうわ言で言っていたのはその名前ではなかったか？

「すっかり忘れてたわ。そう、二ヶ月もいなかった。お母さんが飼っていたんだけど、いつ噛《か》み付かれるかといつもびくびくしてたわ。なんだか獰猛な、おっかない犬だったんだもの」

香澄が記憶を手繰《たぐ》るように遠い目をして呟いた。

毬子もあの犬のことを覚えていた。あの犬がいる時期に、この家に来たことがあったのだ。

「それで？　あの犬がどうしたの？」

香澄が静かに聞いた。

月彦は興奮が冷めたように「ああ」と呟いた。

「そうだな。犬が一緒にいなくなったのも気になるけれど、それよりも、あの晩、叔母さんは薬を飲んでいたんじゃないかと思うんだ。その——今にして思えば、あの人がワインをがぶ飲みするのは、いつも男が帰ったあとだったんじゃないかな。目が覚めたら、薬を飲むに決まっている。とてもじゃないけど、あんな晩に、たった一人でどこかに出て行くはずがない」

「どうしてそんなことが分かるの？」

あたしは尋ねた。久しぶりに声を出したような気がして、自分の声が変なふうに聞こえた。

「だって、叔母さんのお葬式のあと、この家に来た時、俺はあの箱を覗いてみたんだ」

月彦は怒ったような顔であたしを見た。

「箱は空っぽだった。薬は全部なくなってた」

あたしと香澄は並んで洗いものをしていた。

夕飯はお弁当で済ませたので、たいして洗うものはなかったのだけど、二人とも無言でのろのろとグラスや鍋を洗っていた。

「——本当はね、健太じゃないの」

「え？」

香澄のくぐもった声がよく聞き取れず、あたしは香澄の方を見た。

「本当の名前は、ケンタウロス」

「あの犬のこと？」

「そう。あの男、ギリシャ語かなんか教えてて、ギリシャ神話を研究してたのよ。名前を付けたのはあたしの母親の方だったらしいけど」

「ケンタウロスね。それを縮めてケンタって呼んでたわけか」

いきなり和風の名前になってしまったわけだ。

香澄は頷いた。

「でも、どちらかといえば、ケルベロスって感じだったわよね、あの犬。地獄の門の番犬みたい。いつもハアハア舌出してて、息が荒くて、真っ黒で」

「ケンタウロスって、上半身が人間の男で、下半身が馬だったわよね？」

「そう」

香澄はお湯を止め、布巾《ふきん》を手に取った。

「あの犬ね、高い犬だったらしいわ。闘犬のためかなんかに、幾つかの品種を掛け合わせて人工的に造った犬で、自然分娩《ぶんべん》では生まれないんだって」

「ふうん。そうは見えなかったけどね。ただただ怖かった。でっかい犬だったし」

「なんでケンタウロスって付けたか、母が酔ってあの男に教えてるのを聞いたことがあるの」

香澄はグラスを拭きながら呟いた。

今夜の香澄はよく喋る。

「ケンタウロスはあんたにそっくりねって。上半身は人間で、下半身はけだもの。違う種類の生き物を組み合わせて人工的に造ったこの犬みたいだって」

そんな生き物がこの世にいたら。

あたしはぼんやりとその生き物を頭の中で絵に描いていた。

きっと気味が悪くて逃げ出すだろう。

自分が、道でそいつと出くわすところを想像する。

だけど、スケッチブックを持っていたら話は別だ。

あたしは道端に座ってページを開く。そいつを見据えて、鉛筆を走らせる。

ケンタウロスはこの世にいないし、天使もこの世にいない。だけどあたしは、そのどちらも絵に描くことができる。

「ねえ、香澄」

「何？」

「あしたの午前中、モデルになって」

「え？」

香澄が驚いたようにあたしを見た。

あたしは彼女に微笑《ほほえ》みかける。

「交代でやろうって毬子ちゃんとも約束してたのよ。あしたは香澄を描かせてちょうだい」

「どうしたのよ、唐突に」

「急に思いついたの。ねえ、知ってた、香澄」

「何を？」

「あたしって、これまで一度も、ちゃんとあんたを描いたことがなかったのよ」

香澄は不思議そうな顔で、食器を戸棚にしまうあたしを眺めていた。


翌朝は曇り空で、昨日までとは打って変わって過ごしやすかった。

雨が降りそうで、朝から不穏な風が吹いていた。

濃いコーヒーを淹れて、トーストとベーコンエッグの朝食。

毬子もだいぶ具合がよくなったようだったが、まだ起き上がるとふらつくようだ。

「ルームサービスよ」と、オレンジジュースとベーコンエッグを持っていくと、おいしそうに食べたので安心する。もう少し寝ているように言って、リビングに戻った。

昨日の分を取り戻すべく、ベニヤ板に下絵を描くべきだと香澄は言ったけれど、あたしはゆうべの提案通り、午前中は香澄の絵を描くことを主張した。午後からだったら、毬子も一緒に作業ができそうだったし。

どうしても今日は香澄を描かなければならない。

あたしはそんな衝動に駆られていた。

彼女の核とイメージを、今ここで白い紙に焼き付けておかなければならない。

「こんなんでどう?」

着替えてきた香澄は、黒いワンピースを着ていた。ノースリーブの、胸元が四角くカットされたシンプルなワンピース。彼女は裸足で、ペンダントも何も着けていなかった。

「素敵」

香澄はあたしの正面に座った。

「手元どうする?」

「好きにして。香澄の楽なポーズでいいわ」

「あっそ」

香澄は立ち上がり、椅子をずらすと横にして座り、背もたれに片手を置いた。

決して椅子の背にもたれかからない少女。

香澄は頷いてみせた。

「これで行くわ。これなら長時間耐えられそう」

「分かった」

本当に、これまで描いたことがなかったのが不思議だった。みんなとクロッキーくらいはしたような気がするが、「本当に」彼女を描くのは初めてだったのだ。

カーテンを揺らして、雨の匂いのする風が吹き込んできていた。

あたしは香澄を見つめた。

ただ見るのではない、彼女の中心を、彼女の核を捉えるのだ。

あんたが描いた絵を見れば、香澄のことが分かるような気がして。

昨日月彦はそう言った。

月彦は、彼女の中に何を見ていたのか。憧れていた叔母、不慮の死を遂げた叔母か。

毬子は何に怯《おび》えていたのか。香澄に何を見たのか。

あたしは香澄を見た。もはやあたしではなく、イメージを追い求める誰かが彼女を見つめていた。

彼女は静かにそこに座っていた。黒い艶《つや》やかな髪が、黒いワンピースと溶け合って影絵のように見える。

この世に、彼女と二人きりのような気がした。

描く者と描かれる者。この瞬間、世界はあたしたちだけだった。すべての生きものは死に絶え、世界は荒れ果てた廃墟になっている。そこに生き残った二人。

あたしは彼女を捉えていた。彼女の中心を。彼女自身も気付いていない、彼女の核を。

一刻も早く焼き付けなければ。

あたしの手は、狂ったようなスピードで動いていた。自分の手が、自分の手ではないような気がした。

彼女は美しくて、恐ろしかった。

そして、あたしの理解を超えていた。

今なら天使が描けそうな気がした。今そこにいる、あまりにも邪悪で美しいものを超えて「本当に」見える存在。白い大きな翼を持った、世にも神々しい天使を。

そう、あたしはいつも見ていた。

「塔のある」家のてっぺんからこの家の香澄を。

そして、彼女とあたしは、「塔のある」家のてっぺんで一緒に時間を過ごした。

あたしたちは、じっと彼女の家を見ていた。今の彼女の部屋。かつては彼女の母親が、恋人たちとの情事に使っていた寝室を。

人間とは、男と女とは、なんと凄まじくおぞましいものだろう。

あたしたちは、夏の静かな午後に、香澄の母親が情事に耽《ふけ》るさまを無表情に眺めていた。

見るというのはなんと残酷なことか。

彼らは、互いの身体にしがみつきながらも、深く憎みあい、傷つけあっているように見えた。

そして、彼女の母親は、しばしばあの仮面を着けていた。

今では香澄の部屋に飾ってある、母親の遺品。

彼女は何を隠したかったのか。いや、彼女は何になりたかったのだろう。ドッグフードの箱に溜めていたという睡眠薬。ワインでは訪れない眠りを、何のために求めていたのだろうか。

あたしは今、天使を描いている。

あたしには彼女を理解できない。

けれど、好きになることはできる。

だから、あたしはあの夜彼女と一緒に過ごしたのだ。一生繋がれることになるはずの手錠を、自分で自分に嵌めたのだ。


午後になると、パラパラと雨が降り出した。

少し風混じりだったけれど、しのぎやすくて作業には好都合だった。

ガレージ兼納屋で作業開始だ。

毬子も起きてきて、下絵描きを手伝う。

図案の問題が残っていた。

迷ったけれど、もう一度板の上に違う色で三種類の絵を簡単に描いてみることにした。それを、ガレージの中で立てて見比べるのだ。

暁臣と月彦もやってきて、勝手な感想を述べていく。

ガレージの中は、賑《にぎ》やかな討論が続いていた。地べたに座り、麦茶を飲みながら三種類の図案で決選投票をする。といっても、五人しかいないのだから大したことはないが。

結局、抽象画風の案に決定した。香澄が是非トライしてみたい、というのが利いたのだ。毬子もその図案に思い入れがあったらしく、嬉しそうな顔をした。

あたしも異論はない。これまでにない、面白いものになりそうだし。

「あとは色よね」

あたしたちはベニヤ板の前に仁王立ちになった。

「これが難しいですよね」

「少し初秋っぽい色がよくない？　時期的にも、もう夏の終わりが近いんだし、辛子色《からし》とかオレンジ色の方が、見ててしっくりくるんじゃないかな」

「ショーウインドーだって、半歩くらいずつ季節を先取りしてる方が、見て新鮮だものね」

「だけど、話の内容の不安で混沌《こんとん》とした感じを出すのなら、寒色系の方がいいような気もしますけど」

三人でわいわいやっていると、暁臣が叫んだ。

「ねえ、折り紙買ってくればー」

「なんで」

香澄が振り返る。

「折り紙って、いっぱい色入ってるじゃない。あれで色組み合わせて並べてみたら、参考になるかもよ」

「ほう」

「なるほどね」

あたしたちは顔を見合わせ、感心して頷いた。

「じゃあ、今日はここでの作業はおしまいにして、折り紙と食料買ってきて、色は中で決めない？」

「そうしましょ」

意見が一致して、ぞろぞろと部屋に戻る。家の中は、湿気がこもっていた。

今日は、あたしと月彦と暁臣で買物に出た。

「暗いわね」

色を失った空を見上げる。まだ雨はそんなでもないが、風が強い。天気予報によると、これから夜にかけて結構降るらしい。

あの家で天気の悪い夜を過ごすなんて。

あたしは、布団にくるまっていた香澄と自分を思い浮かべた。

まるで、あの時の夜みたい。

あたしは傘をさすのが面倒くさいので雨合羽《あまがっぱ》を着てきたが、二人はそのまま出てきたので、時折吹き付ける雨に目をしょぼしょぼさせていた。

文房具屋で数種類の折り紙を買い、スーパーに行く。

平凡な日常に引き戻される、食べ物の匂い。何かで胃を満たさなければならない動物たち。

昨夜の会話は身体のどこかに残っていたが、こうしてカートを押して食料を買い込んでいると、単なる高校生の合宿だった。

暁臣が、食後のお菓子を調達してくると言って姿を消し、レジの列にあたしと月彦が並んだ。

「――あいつって、泣いたりしないのかな」

月彦が独り言のように言った。

「香澄のこと？」

彼を見上げると、こっくりと頷く。

「うん」

香澄の泣き顔と言われても、ちっともイメージが湧いてこない。

「さあね。そう言われてみると、あたしも子供の頃から見たことないなあ」

「お袋さんが死んだ時も泣かなかったよな」

「そうかも」

椅子の背にもたれかからない少女。

「変な奴だよな。かといってやせ我慢してるって感じでもないし」

月彦は愚痴《ぐち》のようにぼそぼそと呟いた。

「あたし、絵を描いたわよ」

あたしは彼の顔を見た。彼は頷き返す。

「午前中、描いてたね」

「うん。見てみる?」

「魂抜いた?」

「どうかな。でも、全力で描いたわ」

「あとで見せてくれる?」

「いいわよ」

前に並ぶ数人の客のカゴには山のように食料が入っていて、まだ暫く順番は回ってきそうにない。

「月彦は誰が犯人だと思ったの?」

あたしは何気なく尋ねた。

「香澄」

「えっ?」

ぎょっとして思わず彼の顔を見る。

月彦の目は、遠くを見ていた。あたしは鼻を鳴らした。

「まさかあ。アリバイあるし、あの時、あたしたち、小学校入ったばっかりよ」

「だよな」

あたしが反論すると、月彦はあっさりと頷いた。

「でも、そんな気がする時があるんだ。こいつだって思う時が」

　その口ぶりには、苦悩のようなものが滲んでいた。

「どんな時にそう思うの？」

「ゆうべみたいに落ち着き払って親の話をしてる時とか、あいつがじっと庭に立ってる時とか」

「何を根拠に？」

「それが分かればこんなにモヤモヤしないのに」

　月彦は溜息をついた。

「もし香澄が犯人だったらどうするの」

　あたしは尋ねた。月彦は顔を上げてあたしを見る。

「え？」

「まだ事件は時効じゃないわよね。香澄を警察に突き出すの？」

「いや、それは。そんなことは」

　月彦は慌てたように首を降る。

「もし月彦が、香澄が犯人だという証拠を手に入れたとしても、そのまま黙って一生を過ごしていく？」

　月彦が真面目な顔で考え込むのを見て、あたしは小さく笑った。

「やだ、本気にしないでよ。月彦って、おかしなところで真面目なんだから」

「あ。ああ」

ようやくからかわれたことに気付いたのか、月彦は苦笑いする。

そう。あたしはからかっただけなのだ。決して本当のことなんかじゃない。

「わー、待って、これも入れて」

ようやく前の客の精算が終わり、レジの前にカゴを載せようとすると、チョコレートやスナック菓子を抱えた暁臣が遠くから駆けてきた。


家に戻ってから、テーブルの上に折り紙を広げる。

実際に描く模様の形に切って、背景となる色の上に重ねてみる。切った紙がどんどん増えていく。ああでもない、こうでもないとみんなが勝手なことを言う。

何種類も作って何度も繰り返し見比べていると、だんだん混乱して分からなくなってきてしまう。空気がよどみ、みんながくたびれた表情でのろのろと紙をいじっている。

いったん片付けて夕食にした。豚のしょうが焼き、野菜のソテー。

毬子は、夕方になったらまた熱がぶり返してきたらしく、食事をして薬を飲むと大人しく部屋に戻っていった。

彼女がいなくなると、再び昨夜のような共犯者めいた空気が流れる。

しかし、今日はみんなが知らん振りをしていた。香澄は雑誌を読んでいるし、月彦はTVを見ている。暁臣は、折り紙で何やらごそごそ作っていた。あたしはそんな彼らを見ながらお茶を飲んでいる。

それぞれが、互いの出方を窺《うかが》っているような雰囲気だった。誰がそのきっかけを作るか、待っているような感じだ。

だが、みんな何を待っているのだろう。あたしはぼんやりとみんなの顔を眺めている。その目的地は、決して約束の地ではないのに。

最初に耐え切れなくなったのは月彦だった。彼は疲れたような溜息をつき、立ち上がってTVを消した。みんながサッと互いを盗み見る。

すると、香澄が待っていたように立ち上がり、今夜は赤ワインの壜《びん》を持ち出してきた。

「昨日のと二本でセットだったらしいわ」

そう言いながら、暁臣にオープナーを渡す。

暁臣は折りかけていた鶴を置いて、儀式のように神妙な顔でボトルとオープナーを手に取った。

「暁臣」

月彦が、おもむろに口を開いた。

「ゆうべ、どうして犬のことだけ言わなかったんだ？　なくしてしまったもののリストのことだけど」

「え？　別に意味はないよ。みんな忘れてるみたいだから、言わなくてもいいかと思って」

　暁臣はボトルを開けることに集中しているふりをしていたが、その表情にはかすかな不自然さがあった。月彦は「ふうん」と呟く。

「おまえらしくないな。みんなが忘れてることだったら、喜んで教えてくれそうなものなのに」

「そんなことないよ。教えないほうが、よっぽど僕らしいさ」

　歯を食いしばってコルクを引っ張るが、中でちぎれて粉々になった。

「ちぇっ」

　壜の中に残ったコルクを取り出すのに暫くかかり、コルクの粉が浮かんだワインをグラスに注ぐ。

「ごめん。適当に、コルクの粉避《よ》けて飲んで」

　暁臣が頭を下げた。

「今日は何に乾杯するんだ？」

「なあに？」

月彦がみんなの顔を見回した。

「毬子ちゃんの熱が下がったことに」

香澄がグラスを掲げた。

「あたしが初めて描いた香澄の肖像画に」

あたしが続ける。

「ちぎれちゃったワインのコルクに」

暁臣が呟く。

「じゃあ俺は、いなくなってしまった犬のために」

月彦がそう言って、みんなで乾杯する。

みんながワインを口に含む間、静かになった。

結構渋みの強いワインだ。なんだか、昨夜のデジャ・ビュを見ているような気持ちになる。座っている位置も同じで、ワインを飲んでいるところも同じ。

「——いなくなったんじゃないよ」

暁臣が唐突に口を開いた。

「え？　じゃあ、どうなったんだよ」

月彦がワンテンポ遅れて顔を上げた。

「あの犬、死んでたんだ」

ちりん、とどこかで鈴が鳴る。首の後ろがちりちりと痛くなる。

この痛み。この胸騒ぎ。

「どこで?」

月彦が尋ねる。

「あの、川べりの野原だよ。ハルジョオンがいっぱい咲いてて——いや、夏の終わりの方だから、もうヒメジョオンか。あそこの、音楽堂に向かう道ばたに、あの日の朝——ううん、十時くらいかな。足を投げ出して倒れてた。まだ毛は艶々してたけど、死んでたんだ」

警戒せよ。

だめ、思い出してはいけない。余計なことを考えてはいけない。

「首輪付いてた?」

「うん。でも、首輪に付いてた紐《ひも》がちぎれかかってた。というか、引っ張ったらちぎれちゃった。紐に小さな鈴が付いてた」

ちりん。

小さな鈴。

そうだ、あの犬には鈴が付いていた。

香澄が付けたのだ。どこにいてもすぐに分かるように。

どくん、と今度は心臓が鳴り出した。警戒せよ。でも、あたしは、何を警戒しなければならないのだろう。

「あの時、お姉さんと一緒じゃなかったの？」

月彦は淡々と質問を続けている。暁臣は首を振る。

「一緒だったけど、離れて歩いてた。あの日、姉貴は朝からご機嫌斜めだったんだ。ずっとねだってた人形か何かを買ってもらえなかったせいだった気がする。ふてくされて、散歩に行くっていって引っ張りだされた。あの時は、低気圧が通ったあとで、あちこちに枝とか落ちてて、それを拾いながら歩いていくうちに、いつのまにかあそこまで行ったんだ」

大きなリボンを付けた少女。勝気そうで、わがままな――

遊びましょうよ。あんたが家来よ。

あたしはあの日、彼女に会っている。

ちりん。鈴が鳴る。心臓が鳴る。

なんでもあたしの言うことをきくのよ。

「だけどあそこは背の高い草ばっかりぼうぼう生えてるから、じきに姉貴とはぐれちゃったんだ。だから、死んでいる犬を見つけて、びっくりして姉貴を探しに行ったんだけど、姉貴は見つからなかった。それで、もう一度死んでいる犬があった場所に戻ってみたら」

暁臣は言葉を切った。

「――もう犬はいなかった」

「本当に?」

月彦は怪訝そうな顔になった。暁臣が憮然《ぶぜん》として頷く。

「本当だよ。犬の黒い毛とか、首輪の紐の切れっぱしとか落ちてたから、その場所にあったことは確かなんだ」

「実は生きてて、起き上がったんじゃないか?」

「それはどうなのか、今では分からない。でも、最初に見た時は確かに、死んでいる、って思ったんだ」

「奇妙な話だな」

「うん」

犬は死んでいた。

あの大きな犬、怖い犬、真っ黒な犬、重い犬。

なぜあたしは、あの犬が重いということを知っているのだろう。

「それで、暫くその辺をうろうろしていたら、音楽堂が見えてきた。見ると、姉貴が屋根の上に乗っていたからびっくりした。どこからあんなところに上ったんだろうって思って見たら、銀色の梯子《はしご》が壁に掛かっていた。幾ら梯子があるからって、よくあんなところに上ったなあって思って見ていたら、姉貴がよろよろ梯子の方に戻ってきて、降りようとした。凄く危なっかしかった。上るほうは楽でも、降りるほうはずっと怖い。で、姉貴は梯子に乗ろうとしていた」

　暁臣は早口になっていた。顔は真っ青だ。

「あんたが家来よ。あたしの言うことをきくのよ。

「だけど、次の瞬間、パッと梯子が倒れた」

　大きなリボンを付けた少女。

「姉貴も一緒に。あっというまだった。もう梯子も姉貴も見えなくなっていた」

「あたしが殺したのね」

　突然、廊下の方から声がした。

　しんと辺《あた》りが静まり返る。

　みんなが一斉にそちらを向く。

「——毬子ちゃん」

　香澄が呻《うめ》くように呟いた。

　白い顔をした毬子が立っていた。パジャマの上に、薄いカーディガンを羽織っている。

　大理石の彫像のように、身動《みじろ》ぎもしない。

目は大きく見開かれ、暁臣を見つめている。

暁臣は青ざめたまま、慌てて立ち上がった。

「毬子さん、それは」

「あたしが殺したんでしょう？　あなたはそう言ったじゃないの」

暁臣は毬子の腕をつかんだが、毬子は彼から顔を背けるようにして、額に手を当てて俯《うつむ》いた。

「ごめんなさい、立ち聞きする気はなかったんです」

彼女は低く呟いた。

「でも、電話をしようと思って。真魚子《まおこ》に電話して、モデルを頼むのを忘れてたことに気付いて——急がなきゃ。もう、合宿も、前半が終わりだから」

声は、意外にも、不気味なほど落ち着いていた。

毬子は無表情に香澄を見た。

「香澄さん、電話をお借りしていいですか？」

香澄が「ええ」と頷いた。

毬子はあたしを見た。

「芳野さん、明日の午前中か、あさっての午前中がいいですよね？」

「どっちでもいいわ。真魚子ちゃんが来てくれれば助かるわ」

あたしもこっくりと頷く。

毬子は静かに玄関口の近くの電話まで歩いていくと、手帳を見ながら電話を掛け始めた。取り残された形の暁臣は、相変わらず青ざめた顔で毬子を見つめている。

あたしたちは何も言えず、じっと毬子が電話を掛ける声を聞いていた。

おきゃんな少女の声は、いつも通りの明るいものだった。

ねえ、いいじゃない、お願い、助けると思って。

わあ、ほんと？　うれしい、迎えに行くわ。

その無邪気な声が却《かえ》って痛々しく、胸を衝《つ》く。

受話器を置くチン、という音が響いた。

「明日来てくれるって。あたし、朝、迎えに行きますね」

毬子が笑顔を作りながらリビングに入ってきた。だが、その顔は紙のように白い。

「毬子さん」

「あたし、熱出して寝てる時にぼんやり思い出したの」

毬子は、暁臣の言葉を無視して話し出した。

「あたし、あのブランコが大好きだったの。川べりにあるブランコ。あの頃ずっとお天気が悪くって、なかなかブランコに乗りに行けなかったの。あの朝は、台風一過でお天気がよくって、今日こそ絶対乗ろうって思って、一人で出掛けていったの」

毬子は床の一点を見つめていた。そこに何かが落ちているかのように。

「まだちょっと濡れてたけど、暫く独り占めしてブランコに乗っていた。夏休みは、すぐに誰かが先に来て乗られちゃうから、本当に嬉しかった」

暁臣は、何も言えずに彼女の隣に立っている。

「その時、鈴の音がしたの」

ちりん。警戒信号。

「あたし、知ってたの。カズコさんのところで犬を飼い始めたって。最近、犬の紐に鈴を付けたってことも。あたしも犬が飼いたかった。だから、犬を見たくって、ブランコを降りて、犬を探すことにしたの」

毬子の目は夢を見ているようだった。

彼女はあたしたちを見ていない。テーブルも、床も、家の中の景色は何も。

「あたしは、ハルジョオンを掻《か》き分けて、奥へ奥へと進んでいった。そっちの方から音がしたような気がしたから」

毬子は頭を抱えた。顔が苦痛に歪《ゆが》む。

「駄目。よく思い出せない。だけど、あたしは、何かを見つけて、何かを引っ張った。両手でつかんで、思い切り引っ張ったの。柔らかいものだったような気もするし、硬いものだったような気もする。ひょっとして、梯子だったのかもしれない。とにかく、目の前にあったものを引っ張った」

「毬子さん」

「そうしたら」

暁臣の悲痛な声にかぶせるように毬子は呟いた。

「どさっていう音がしたの。どさっ、て。離れたところで、何かが落ちる音がしたの」

毬子の目は恐怖に見開かれた。

頭を抱えたまま、じりじりと後退《あとずさ》りをする。

香澄が素早く立ち上がり、ぎゅっと毬子を抱きしめた。

「誰かが落ちたんだわ」

悲鳴のような毬子の声が聞こえる。

「あたしが殺したんだ」

「毬子ちゃん」

「ごめんなさい。ごめんなさい。ごめんなさい」

毬子の声はどんどん甲高《かんだか》くなっていく。

「あたし、逃げたの。怖くなって、ハルジョオンの中を、必死に走った。殺した女の子をほったらかしにしたまま、どんどん走った」

毬子は香澄の腕の中でもがいた。

「ごめんなさい」

「違うわ」

突然、香澄が鋭い声で叫んだ。

香澄の腕の中で、毬子がびくっと全身を震わす。それは、他の三人も同じだった。

暁臣が、誰かにぶたれたかのように顔を振る。

「そんなことは起きていない」

香澄はきっぱりと言った。

みんなが香澄の顔を見る。

あたしはゾッとした。

香澄のこんな表情は見たことがない。怒りのような、絶望のような。

「それは、毬子ちゃんが勘違いして覚えているのよ。あなたは誰も殺してなんかいない。

あなたが謝る必要はないのよ」

香澄は話し続けた。彼女の腕の中でもがいていた毬子が静かになる。

「あなたはちっとも悪くない。あたしはそのことを知っている。本当よ」

香澄の声は自信に満ちていた。そして、同じくらい恐怖にも満ちていた。

あたしは怖くなった。

香澄。何を言おうとしているの。余計なことを言っては駄目。

胸のどこかが痛くなる。

駄目よ、香澄。あなたはそんな声を出しては駄目。

香澄の顔も、自信と恐怖に満ちていた。激しい何かに突き動かされていて、それでいて何もかも諦《あきら》めたような哀しい顔。

毬子が低く泣き始めた。全身を小刻みに震わせ、搾《しぼ》り出すような苦しい声で。

香澄はいよいよ彼女を強く抱きしめた。彼女の身体の震えを止めようとするかのように。

「あなたは悪くない。あなたのせいじゃない」

香澄は呻くような声で言った。

「あたしはあの日、あそこで何があったか知っているの。知っているのよ」


あたしは階段の下に立った。

二階の部屋。かつて、あたしと香澄とで、じっと目を凝らして見ていたあの部屋に、さっき香澄と毬子が入っていった。

今日はあたしの部屋で寝ましょ。

そう言って毬子の肩を抱えて、二人はことんことんと老女のようにゆっくりと階段を上っていった。

途中で、香澄がちらっとあたしを振り返った。

許してね、と言ったような気がした。

あたしは少し迷ったけれど、いいのよ、という表情で頷いてみせた。

香澄はかすかな安堵の色を見せ、頷いてから背を向けた。

彼女が毬子に話そうとしている内容が何なのか、あたしには分かっていた。そのことが、破滅への道になるのかどうかは、今は見当もつかない。

だが、香澄が構わないのなら、あたしだって構わない。

あたしたちは一生離れることができないのだから。

あたしは小さく溜息をつき、階段の下から離れた。

家の中はひっそりとしていた。

リビングでは、暁臣が落ち込んでいる。

「——そんなつもりじゃなかったんだ。彼女を追い詰める気は」

ずっと俯いたまま顔を上げようとしないので、泣いているのかどうかは分からなかった。彼は負けず嫌いでプライドが高いのだ。

月彦は何も言わずに、じっと彼の隣に座っている。

あたしは暁臣を挟むように腰を下ろした。

「分かってるわよ。香澄だって」

「独り占めにしたかったんだ」

「小さい時から好きだったのね？」

そっと彼の背中をさする。

「彼女は命の恩人だもの」

「恩人？」

あたしは、暁臣のくぐもった声に耳を寄せた。

「彼女は僕を解放してくれたんだもの」

ふと、暁臣の言いたいことが分かったような気がした。

けれどあたしは、あの日あの場所で何があったのか、これ以上知りたくはない。

ちらりと月彦を見る。

月彦は、前を向いたまま、憮然とした表情でじっと座っていた。

彼が何を考えているのかも、知りたくなかった。

「あんたは知ってるのかい？」

突然、月彦が前を向いたまま口を開いた。その質問が自分に向けられているのだと気付くまで少し掛かった。あたしは暫く考えてから、こっくりと頷いた。

「ええ。たぶん。でも、香澄ほどには知らないわ。全部知っているのは香澄だけよ、きっと」

「だろうな」

「知りたい？」

月彦の横顔が、逡巡《しゅんじゅん》した。が、彼は左右に首を振る。

「いいや」

「あたしもよ」

疲れたような沈黙が下りる。

「――おい、寝ようぜ暁臣」

月彦が腰を浮かせて声を掛けた。

「先に寝ていいよ」

「そんな格好だと頭に血が昇って馬鹿になるぜ」

「どうせ馬鹿だもの」

「鼻血出るぜ」

「いいよ」

「香澄んちの床を汚すなよ。今のお袋さんが帰ってきたらびっくりするじゃないか」

「うるさいなあ」

真っ赤な顔を上げて、暁臣が月彦を睨みつけた。目も赤いけれど、涙のあとはない。

「そいつは失礼」

月彦が肩をすくめ、大欠伸をして立ち上がった。

「さ、寝ましょう。明日はまた美人が来るわよ。美少年の目が腫《は》れてたら、変よ」

あたしが肩を叩くと、暁臣はかすかに笑った。

「真魚子さんか。よく来る気になったなあ」

「ふふ。楽しみだわ」

ちりん、と鈴が鳴ったような気がして、暗い窓の外を覗き込む。

しかし、外は雨だった。かなり激しい雨が、屋根や地面を叩く音。

そう、あの犬は死んでいた。

大きな重い犬。

あの犬を運ぶのは大変だった。

そして、あの日、あたしたちはあの犬を森の中に埋めたのだ。


翌朝は、きりっと硬い色で空が晴れ上がっていた。

数日間続いていた蒸し暑い空気が払拭《ふっしょく》され、空気や植物がきらきらと光の粒子に輝いていた。年に数回あるかないかの、完璧《かんぺき》な美しい朝だった。

空気は澄んでいた。いつまで暑い日が続くのかとうんざりしていたが、少しずつ夏は終わりに近付いている。いや、空気の中にはいつのまにか秋の予感が忍び寄っているのだ。

「おはようございまーす」

顔を洗っていると、さっと後ろを毬子が通り過ぎた。

「おはよう」

欠伸をしながら返事をし、彼女を振り返ったあたしは、目が覚めたような心地になった。

何かがいっぺんに変わる朝がある。

そこには、昨日までとは違う少女がいた。

このあいだ、あたしが画用紙の中に写し取った不安やうつろいはもうどこにもない。

ある種の潔さ、ある種の諦観《ていかん》が、彼女の輪郭を強くしていた。

昨夜、彼女は何かを諦め、何かを封印したのだ。

香澄と二人で。

ふと、何度も味わっている淋《さび》しさを感じた。

毬子の奇跡の少女時代も、終盤にさしかかっていた。もうすぐ、彼女の中の少女も死ぬ。

だけど、あたしはあの時の毬子を紙に焼き付けることができた。そう考えると、少しだけホッとする。

「今日も暑くなりそうね。むちゃくちゃ光の量が多くない？」

香澄が声を掛けた。

「そうねえ。また暑さで作業中断かしら」

そう答えながら、香澄を見ると、香澄も変わっていた。

彼女は美しかった。

本当に美しい人だと思った。

それまで平行線を辿《たど》っていた彼女の中の少女と女が、ひとつになっていたのだ。

あたしは呆《ほう》けたように彼女を眺めていた。

いつもながらに見事な香澄。

彼女は誰にも影響されない。彼女は誰にも寄りかからない。もちろん、あたしにも。だけど、毬子は彼女に影響を与えることができたのだ。今の香澄なら、椅子の背もたれにだって、無邪気にもたれかかれるだろう。

ありがとう、毬子。

淋しさと悔しさを嚙み締めながらも、あたしは呟いた。

二人の変化は月彦と暁臣にも分かったらしく、朝食の間も、彼らはきょとんとして二人の少女をちらちらと盗み見ていた。

コーヒーを飲みながら、不思議そうに顔を見合わせる。

「なんか違う」

「女は一晩で変わるんだな」

ボソボソと囁きあうのがおかしい。

なんだかあたしまで、愉快で誇らしい気分になってくる。

「芳野さん、あたし、真魚子を迎えに行ってきますね」

毬子が帽子をかぶり、来た時のサロペットジーンズ姿で現れた。

いってらっしゃい、と言いかけて、まだ病み上がりだと気付く。慌てて声を掛けた。

「大丈夫？　もう完全に治ったの？」

「平気平気」

あたしが心配そうな声を出しても、彼女はにこやかに手を振るばかりだ。

「じゃあ、あたしが自転車漕いであげる」

香澄が立ち上がった。

「でも、二人乗りして迎えに行ったら、真魚子さんはどうするんだよ？」

晄臣がもっともな質問をした。

「二人はバスで、一人は自転車かしら」

「そんなの、もったいないじゃないか」

晄臣はあきれ声を出した。

「いいじゃない、なんだかお天気もいいし、最高に気分がいいの。こんな日だから、自転車漕ぎたいのよ」

香澄が両手を広げた。

「変なの」

月彦が肩をすくめる。

「昨日の雨で、水溜りがいっぱいあるから気を付けてよ」

あたしは、朝食の洗いものをしに流しに立った。

帽子をかぶり、サブリナパンツを穿《は》いた香澄が入ってきて、冷蔵庫から牛乳を取り出す。

あたしはお湯を出した。ザアッという音が満ち、湯気が上がる。

「日射病に気を付けてよ。毬子ちゃん、まだ病み上がりなんだから」

あたしは手元を見たまま声を掛けた。

「芳野」

不意に香澄が振り返った。

「なあに？」

「愛してるわ」

「え？」

あたしは香澄の顔を見た。

そこには、思いがけず真顔の彼女がいる。

あたしはぽかんとした。

「どうしたの」

そう尋ねても、彼女の真顔は崩れなかった。

「あんただけよ」

香澄はゆっくりとそう言った。

あたしはいよいよあっけに取られた。

「いきなり、何よ。毬子ちゃんの夏風邪が感染《うつ》ったんじゃないの？」

香澄はへへ、と笑って、牛乳を飲んだ。

野球帽を目深《まぶか》にかぶり、照れ笑いをする。

「なんかね、言いたかったのよ」

そう言って牛乳パックを冷蔵庫に戻す。

「おかしな人ねえ」

「行ってきまーす」

香澄はパッと長い髪を翻し、玄関から駆け出していった。

あたしはなんとなく勝手口を開け、自転車に乗って走り出した二人を見送った。

きらきらと白い光が少女たちに降り注いでいる。

眩《まぶ》しくて、目が痛い。

目を細めながら、あたしはその瞬間、彼女たちの背に白い翼を見たような気がした。


爽《さわ》やかな朝はゆるゆると過ぎていく。

あたしは写生の準備を進めた。

あの綺麗な子がここに来るのだと思うと、ちょっとわくわくした。彼女には、クールな気品としたたかさを感じさせる知性がある。タイプの違う美しさを眺め、画用紙に写し取るのは本当に面白い。

ちょっと暑いけど、まだ午前中なら大丈夫だろうということで、紅茶の準備をして待つ。

月彦と暁臣には、掃除機をかけさせ、布団干しを手伝わせた。二人ともブツブツ文句を言いながらも、言われた通りに働く。

なんだか、下宿屋の主人にでもなったような気分だ。

布団はたちまちふかふかになり、お日さまの匂いで幸福な気分になる。昨夜の不安が嘘のようだった。こんな朝がたまにはあってもいい。

太陽はじりじりと動いて、天頂を目指す。

あたしはいつのまにか干した布団の脇で居眠りをしていた。

ハッとして顔を上げ、部屋の時計を見てぎょっとする。

時刻はもう十時になろうとしていた。だが、誰かが来た気配はない。

彼女たちが出て行ってからもう二時間近くになる。

「遅いねえ、あの三人」

暁臣が、紅茶の脇に出しておいたクッキーをつまんだ。

「変ねえ」

「駅に着くまでにバテちゃって、どっかの喫茶店でだべってるんじゃないの？」

月彦が呟いた。

確かにその可能性はある。それとも、やっぱり途中で毬子が具合悪くなってしまったとか。そちらの可能性の方が高いような気がした。昨日床上げしたばかりだし、朝からこんなにかんかん照りのところを出て行ったのだから、倒れても無理はない。どこかで休んでいるのだろうか。ちゃんと休む場所はあるのだろうか。だけど、香澄がいればなんとかするだろう。そんなことを考えながら、リビングで雑誌を開く。

時計の針は、十一時を大きく回っていた。

今では、誰も口を開かない。

「どうしたんだろ」

「どこで油売ってるんだよ」

男性二人が、時々独り言のように呟く。

あたしは、胸の中の不安を押し殺そうと必死だった。やはり毬子の具合が悪いのではないか。日射病で倒れてどこかにかつぎこまれているのではないか。そう考えると、いても立ってもいられなくなる。開いたままの雑誌の文字が、ちっとも目に入ってこない。

その時、外で車の止まる音がし、バタンと車のドアの閉まる音がした。

月彦と暁臣が、弾かれたように立ち上がって窓に張り付いた。

「おい、タクシーだよ」

「自転車じゃ暑いからって車で帰ってきたんじゃないの」

「贅沢《ぜいたく》だなあ」

あたしも雑誌を放り出して立ち上がる。

「あっ、真魚子さんだ」

暁臣が叫んだ。

玄関の呼び鈴が鳴る。

やれやれ、やっとゲストの到着だわ。

あたしはホッとして、小走りに玄関に出た。

「いらっしゃーい。待ちかねたわ」

ドアを開けると、そこにスラリとした少女が立っている。

ブルーのフレアースカートのワンピース。ちゃんと黒いパンプスを履《は》いているし、もうすっかり大人の女だ。あたしはその立ち姿に見とれた。

「遅かったねえ、どうしたの」

後ろから暁臣が声を掛けた。

一瞬、沈黙があった。

その時になって、あたしはようやく真魚子が一人で来たことに気が付いた。

外で待っているタクシーの中には運転手しかいない。

「あら？　一緒じゃなかったの？　二人で迎えに行ったんだけど」

あたしは真魚子の顔を見た。

そして、ハッとした。玄関の暗がりで、それまで表情が見えなかったのだ。

真魚子は汗だくだった。急いで来たらしく、上気している。にもかかわらず、顔は青ざめ、その表情には笑みのかけらもない。

「真魚子さん？」

「――ここの住所が分からなくて」

真魚子はようやく口を開いた。その声は震えていた。

あたしたちは顔を見合わせる。

彼女の視線は宙を泳いでいた。

「うちの親も留守で、学校にかけても誰も出なくって、生徒名簿が見られなかったんです。電話帳にも載ってなくて、友達のところに掛けて、やっと住所探してもらって。電話しようと思ったんですけど、車拾っちゃったし、来た方が早いと思って。あたし、あたし、動転しちゃって」

彼女は、いつ見ても落ち着いている子だった。いつも大人っぽくて、慌てたり、焦ったりしない子だと。

「どうしたの。何があったの」

真魚子はごくりと息を飲んだ。

よく見ると、凄い量の冷や汗が流れている。喉《のど》がひきつったように動いた。

「暫く気がつかなかったの。あたし、駅で待ってたから」

今や、月彦も、暁臣も、真魚子の顔を凝視していた。彼女は明らかに混乱しており、明らかにパニックに陥っている。

「駅の近くで、ひどい事故があって。あたし、暫く気付かなかった」

真魚子はひくっと震えた。その目は何も見ていない。

「三重衝突ですって。水溜りでバイクが滑って、トラックがハンドルを切って、バイクを避けようとして、バスに突っ込んだそうなんです。それから、そのバスが、他の車に。今、通行止めで、大騒ぎで」

みんなが息を飲んだ。

その場の気温が下がったような気がした。

「事故？　事故なの？」

背筋が寒くなった。事故ですって、そんな馬鹿な。あんなに元気に出て行ったのに。

「パトカーのサイレンが凄くて。人がみんな走っていくからなんだろうって思って」

真魚子は誰の顔も見ていない。

「単なる野次馬のつもりで、見に行ったら」

やめて。その先は聞かせないで。

あたしは耳を塞《ふさ》ぎたくなった。

しかし、真魚子は話し続けていた。

「自転車に乗ってた女の子二人が巻き込まれたって聞いて。まさかと思って」

突然、真魚子の目から涙が溢《あふ》れ出した。

「まさか、そんな。毬子たちだなんて」

「今どこにいるの？」

あたしは悲鳴のように叫んだ。

まさかそんな。こんな美しい朝に。

一瞬、気が遠くなる。

二人の背中に翼が見えたのに。

真魚子は泣きながら震え出した。

「毬子は今、しゅ、手術してるんです。ひ、ひどい怪我をして、重体だって。大学病院で。毬子の家も、今、田舎に行ってて。あたし、連絡先知らなくて——あ、あたし、連絡しなくっちゃ、芳野さん、知ってますか？　毬子の家の連絡先」

そこでようやく、真魚子はあたしが目の前にいることを思い出したようにあたしの顔を見た。

芳野。

野球帽を目深にかぶる香澄。

愛してるわ。

まさかそんな。ついさっき、ずっと長い間、心の底から望んでいた言葉を聞いたはずなのに。その大切さに、その言葉の意味に、ちっとも気がつかなかったなんて。

野球帽を目深にかぶる香澄。

あんただけよ。

「香澄は?」

あたしは真魚子の腕にすがりついた。

「香澄はどこにいるの?」

あたしの声はほとんど悲鳴だった。

芳野。愛してるわ。

「——香澄さんは」

愛してるわ。

真魚子は搾り出すように叫んだ。

「病院に運ばれる途中で亡くなりました」

第三部　サラバンド

木漏《こ》《も》れ日を見ていると、なんだか無性《むしょう》に哀《かな》しくなる。

きらきらと零《こぼ》れる光に足を止め、目を細めて梢《こずえ》を見上げた時、最初は綺麗《きれい》だなと思う。けれど、そのうち少しずつ目が慣れてくる。障子《しょうじ》のように透けた緑色の中に、くっきりと浮かぶ葉脈が目に留まってしまう。

そのとたん、自分が本当にちっぽけな、どうでもいい存在だと感じてしまうのだ。

そう、あたしにもあの葉っぱと同じように骨がある。強い光に透かすと誰にでもこんなふうに骨があって、内臓があって、皮膚がある。この世の美しいものは、全て物理や化学で説明されてしまう。そう考えると、暗いキャビネットに自分の骨が収められ、引き出しが冷たく閉まる音を聞いたような気がして、虚しくなる。

こんなふうに感じたことを、これまで誰かに話したことはなかった。

だって、誰がこんなことを分かってくれるだろう。そもそも、こんなことを話して何になるというのだろう。あたしが感じていることを、誰か他の人が同じように感じることとは、永遠に不可能なのだ。毬子《まりこ》のことは大好きだけれど、毬子があたしの感じていることを理解できるかといえばそれはノーだ。逆に、毬子のことをあたしが本当に知っているかといえば、それもノーなのだろう。

清人《きよと》だってそうだ。今は彼が好きだ。一緒にいるとどきどきするし、一人でいても彼のことを考えると心が浮き立つ。でも、彼にあたしのことを理解できるか、理解してもらいたいかというと、それはノーだ。だって、そんなことは不可能だから。

男の子って分からない。彼のことが分からない。男の子って、いったい何を考えてるの。そう嘆く女の子たちは、馬鹿だと思う。分からないからこそ男の子たちを好きになるのだし、違う生き物だから魅力的なのだ。

あたしは共感というものを信じていない。女の子や大人たちが、不用意にニコニコ笑って打つ相槌《あいづち》を、あたしはいつも軽蔑《けいべつ》して見ていた。分からないのに、なぜ分かったふりをするのだろう。なぜ「分かるわ」と共感を押し付けたがるのだろう。

もちろん、その方が世の中は円滑に回る。だから、あたしもそんなことを口に出したりはしない。

毬子から、香澄《かすみ》さんの家で絵のモデルになってくれという電話が掛かってきた時、何かがおかしいと思った。

毬子の声は普段通りだったし、具体的にどこが変だというわけではなかったけれど、なかなかその印象は消えなかった。

電話を切ってから、やっとその理由に気付いた。

静かだったのだ。

毬子はどこか広い部屋にいたらしいし、電話があったのはリビングの近くだろう。なのに、受話器の向こうに、他の子の声がちっとも聞こえなかったのだ。

みんなでTVでも見ていたのかもしれないし、たまたま席を外していたのかもしれない。だけど、あたしはなぜかみんなが黙り込んでひっそり座っているところを想像してしまった。そう考えると、毬子が普段通りだったのがかえって奇妙に思えてきて、いや、あの時の毬子は変だったんじゃないか、とだんだん不安になっていった。

第一、招待された時からあれだけ浮かれていた香澄さんの家にいるというのに、毬子はやけに落ち着き払っていたのだ。彼女の性格からいって、舞い上がっていても不思議じゃないのに。

どうしたんだろう、何かあったのだろうか。

あたしは自分の部屋のベッドに寝転がって考えていた。

ひょっとして、あれは毬子のSOSなのではないか。何かがあの家で起きていて、ストレートに助けを求めることができずに、絵のモデルを頼むなんて電話を掛けてきたんじゃないだろうか。きっと、毬子が電話するところをみんなが見張っていたのだ。毬子の話す内容を、固唾《かたず》を飲んで聞いていたのだ。だから、あんなに静かで、毬子も本当のことを言うことができなかったのだ――。

妄想はどんどん膨らんでいき、居心地の悪い胸騒ぎは治まらなかった。

夏の夜は寝苦しくて、部屋の空気も昼間の熱を含んだままだ。しかも、夏休みというのは、毎日がずっと緩んだゴムみたいに続いていて、いらいらする。

なぜあんなことを言ったのだろう。

パジャマに着替えてからも、明かりをつけたままベッドの上で目を開けていた。

タオルケットに触れるのも暑くて、足元に邪険に押しやる。

頭の中で木漏れ日が揺れる。

とにかく、あの二人が何の目的もなしに、あんたを家に呼ぶとは思えないな。

意地悪そうな自分の顔が目に浮かぶ。きょとんとする毬子の顔も。

気を付けなさいよ、毬子。

あの時は、深い意味もなく、ただあまりにも毬子がはしゃいでいるのが憎らしくなって、何の気なしに言っただけだった。だけど、今は、自分の言葉が図らずも当たっていたのではないかという不安ばかりが募る。

あたしはなぜあの二人が気に食わなかったのだろう。

いつも超然としていた二人、高校生とは思えぬ世慣れた落ち着きに包まれた二人、全く他人に割り込む隙《すき》を与えなかった二人。

二人は冷たい絵みたいだった。二人の周りだけがひんやりとしていて、触れてはいけないというオーラを出していた。

なぜだろう、とあたしはあの二人を見る度に思ったものだ。毬子にも言ったけれど、あの二人の周囲との距離は不自然だった。綺麗で優秀な女の子二人。その気になれば、何だって手に入れられる二人なのに。麻子《あさこ》と理絵《りえ》のように、アイドルになることだって簡単だ。むしろ、男女を問わず、カリスマ的な人気を獲得できるはずだ。

大人を信じていないんだろう。

突然、パパの声が脳裏に蘇《よみがえ》った。

これはいつのこと、いつの声だろう。

木漏れ日が揺れる。

あれは誰のことを指していっていたのかは今となってはよく分からない。だけど、あたしの中では、それは香澄さんを指した言葉になっている。

毬子が知っているかどうかは分からない。いや、苗字も名前も変わっていたから、知っている人はあまりいないだろう。香澄さんが昔母親を殺されて、改名して東京に引っ越しして、また戻ってきたということをあたしは薄々知っていた。

パパはめったに仕事の話をしない。守秘義務というものもあるのだろうけど、仕事を家に持ち込む人ではないのだ。そんなパパが、何かの拍子にぽろっと漏らしたのだ。もちろん、ママもあたしも聞こえないふりをしていた。

でも、あの言葉はずっとどこかに刺さっていた。

大人を信じていないいんだろう――

香澄さんのお母さんが殺された時、真っ先に調べられたのは、香澄さんのお父さんと、お母さんの愛人だった。

つまり、そういうことなのだろう。

香澄さんは、誰も信じていない。だから、アイドルになることなどちっとも興味がないのだ。芳野《よしの》さんはどうなのか分からないけど、彼女の世界に入れるのは芳野さんだけなのだ。

大人なんか信じられない。

自動販売機の前や駐車場の隅で固まっている、ちょっと突っ張った、すねた目付きの子たちは、肩をいからせ、よくそう呟《つぶや》く。

なんて幼稚なんだろうと思う。そう言うこと自体、大人に甘えているということに全然気が付いていないのだ。「あたし××君なんかキライ」と言いながらも、××君を意識していることが見え見えで、男の子の気を惹《ひ》こうとする女の子とちっとも変わらない。ああやって人目につくところをうろついて、大人に目を留めてもらい、かまってもらいたがっている。

本当に信用していなければ、自分が信用していないことすら相手に教えないし、気付かせもしない。それが「信じていない」ということなのだ。

お高く止まっているだけだと思った時もあった。

なにしろ二人は綺麗で大人っぽかったから、「あたしたちはあんたたちとは違うのよ」と、二人だけの世界に籠《こも》っていると僻《ひが》んだりもした。

そういう女の子は、たまにいる。あたしたちは特別で、繊細で、傷つきやすいの、と、他の集団との間にチョークで線を引く女の子たち。ここから先には入ってこないでね。あたしは、ああいう女の子たちの鈍感さにもあきれる。あんたたちのどこが繊細で、何が特別なのか。少女漫画や詩の一節に、震えて涙が出たから？　他人の発する言葉に、肉体的な痛みを感じるから？　なるほど、確かにあたしは鈍感だ。少なくとも、あんたたちのように自分の傷つきやすさを振りかざすだけの繊細さは持ち合わせていない。あの子たちも、街角でたむろする子たちと同じ。自分を「特別だ」とか「変わっている」と言う子に、本当に特別な子なんて、いたためしがない。

だけど、香澄さんたちの場合は――

あたしがずっとあの二人に居心地の悪さを感じていたのは、その違和感を言葉にできなかったせいなのかもしれない。

何かが違う。彼女たちは、何かを隠している。何か大きくて、重く冷たいものを隠している。それを隠し続けるのに精一杯なので、他のものに興味など持てないのだ。

だから、毬子を彼女たちの世界に入れると聞いた時に、嫌な感じがしたのだろう。

何の必要があって、毬子を入れるのか。

なぜ、今で、なぜ毬子なのか。

毬子の有頂天《うちょうてん》な笑顔を見た時、嫌な感じはあたしの中で最高に膨れ上がっていた。

それがあの一言になって口から飛び出したのだ。

気を付けなさいよ、毬子。


集中治療室の外で、毬子の家族の到着を待ちながらも、あたしは廊下の窓の外で揺れる夏の木々をぼんやり眺めていた。

空は晴れていたけれど、午後から風が出てきていた。

嫌な風だった。夏の終わりを予告する風。

窓の外に見える大きな欅《けやき》の木は、怖いくらいに繁った枝を、身をよじって大きくうねらせている。

あの葉っぱの一枚一枚に、あたしたちと同じ骨がある――

あたしはここに立って、ここで生きている。遠くで揺れる木の葉を見ている。だけど、今毬子は生死の境を彷徨《さまよ》っている。あたしは何の痛みもない。毬子は血を流し、身体を切り刻まれている。

何が分かれ目なのだろう。こうしてじっとしている間にも、毬子の生死は決まっているのだろうか。明日から、毬子のいない世界になってしまうのだろうか。それはいったいどんな世界なのだろう。

大きく木が揺れる。

廊下には、芳野さんと暁臣《あきおみ》、香澄さんのいとこの月彦《つきひこ》という男の子がいた。芳野さんは、長椅子に座って膝《ひざ》で手を組んだまま、ぴくりとも動こうとしない。あとの二人は座っていられず、立ったり、歩き回ったり、うろうろしていた。何もできない、待つだけの時間。

芳野さんは立派だった。

彼女が凍りついていたのは、僅《わず》かな時間だった。

あたしが玄関でうろたえていると、芳野さんはサッと電話に向かって歩いていき、毬子の両親と香澄さんの両親に連絡を取った。

「——本当に申し訳ありません」

毬子の両親と話した芳野さんは、電話に向かって深々と頭を下げた。毬子の家族は、すぐに戻って直接病院に向かうとのことだった。毬子のお父さんは病理学者だ。大学病院に知り合いがいるらしく、直《じか》に病院に状況を聞いてみるという。

香澄さんの両親は、最初すぐには連絡が取れなかった。二人してホテルを留守にしていたらしい。しかし、暫《しばら》くして折り返し電話が掛かってきて、芳野さんは一回のベルで受話器を取った。

香澄さんのお父さんとは知り合いらしく、ボソボソと低い声で話をしていた。

芳野さんは、とうとう香澄さんが亡くなったことを口にしなかったが、お父さんはそのことを察したようだ。彼らもまた、すぐにホテルを引き払ってこちらに戻るらしい。

芳野さんは、最初香澄さんの家に残ると言ったけれど、あたしが病院に戻ると言うと、やはり苦しそうな顔になって「香澄に会いたい」と漏らした。

「みんな直接病院に行くだろうから、留守にしても大丈夫だよ。戸締りだけしっかりやっていこう」

月彦さんがそう提案したので、芳野さんも青ざめた顔で頷《うなず》き、みんなであちこち開け放していた家の戸締りをして、外に出た。

いつもとはあまりにも違う、受け入れがたい体験をした時は、時間の感覚がおかしくなってしまうらしい。

あの三日間が、本当にあったことなのかどうか分からなくなる。

もしかして、長い夢でも見ていたんじゃないか。長い長い、白黒のドキュメンタリーフィルムか何かを、どこか暗い部屋でずっと見せられていたんじゃないか。

明るい陽射《ひざ》しの下にいると、ふとそんな気がしてしまうことがある。

あたしがあの朝香澄さんの家を訪ねてから、香澄さんの葬儀が済むまでの三日間。その間の自分がコマ送りのように頭に浮かんだり、どこか一つの場面だけがアップになったり、誰かの言葉が抜き出したように聞こえてきたり。

そんなことが、あとで繰り返し起きた。

何かの拍子に、まだ自分が病院の長い廊下に立っていて、到着した毬子のお母さんと目が合った瞬間が蘇ったし、一人であの廊下に立って外で揺れる欅を眺めている夢を何度も見た。

毬子のお母さんは、あたしを憎んでいた。あたしと目が合った瞬間、ここに立っているのが毬子ではなく、あたしであることを憎んでいたのだ。もちろん、あたしはそんなことを恨んだりはしない。だって、実際あたしはぴんぴんしていたし、集中治療室で横たわっているのは毬子だったのだから。もし、あの時あそこに立っていたのがママで、ここに立っていたのが毬子だったら、やっぱりママはあんな目で毬子を見ただろう。

出てきた医者と毬子のお父さんが早口に話をしていて、お父さんはホッとした顔であたしたちを振り返ると、戻ってきて抑えた声で説明した。

毬子は大丈夫だ。出血がひどく血圧が下がっていたけど、もう安定した。出血は肩と上腕の骨折のせいだ。でも、幸運なことに綺麗に折れていた。毬子は若いからくっつくのは早いだろう。それに、内臓に刺さったりはしなかったので、臓器のダメージは最小限で済んだようだ。

そのとたん、毬子のお母さんは泣き出して、あたしにしがみついた。

ごめんなさい。ごめんなさい、真魚子《まおこ》ちゃん。

毬子のお母さんは、安堵《あんど》したとたんに、恥ずかしくなったのだ。あたしを憎んだこと、そのことにあたしが気付いたことを恥じていたのだ。


――よかった。毬子さんまで殺すところだった。


突然、その呟きが、そこだけはっきりと耳に飛び込んできた。

あたしはそっと後ろを振り返った。

青ざめ、安堵している小柄な少年がそこにいる。

今、彼はなんと言ったのだろう？

執刀医から詳しい状況を聞いている毬子の家族の背中を見ながら、あたしは少年の言葉を反芻《はんすう》していた。

毬子さんまで殺すところだった。

そう聞こえたけれど。

あるいは、それも夢だったのかもしれない。あの伸びたり縮んだりするように感じた三日間は、あたしも少し変になっていた。そんな時だから、きっと聞き間違えたに違いない。

しかし、空耳は続いた。

もう一人の少年。

彼の名前を聞いた時、なんてぴったりな名前なんだろうと思った。

あの子は、冷たい銀色の月の光みたいだった。決して陰気だとか、暗いとかいうのではなくて、静かで澄み切った空に浮かんでいる、さえざえとした月のよう。

彼は、芳野さんの隣に座って呟いた。

――あいつ、あの子は連れていかなかったんだな。一人で全部、持っていった。

あたしはあの声を本当に聞いたのだろうか。

言葉ははっきりと思い出せるのに、それがどんな声だったのか思い出せない。

彼が芳野さんと並んで座っているところは思い浮かぶのに、彼が口を開いているところはイメージできないのだ。

香澄さんの両親の顔は、よく覚えていない。二人とも、げっそりと老け込んで、顔のところがぼんやりしていたことしか覚えていないのだ。

あの香澄さんのお父さんが、この人だなんて。

そう思ったことだけが記憶に残っていて、顔が浮かんでこない。

ただ、到着した香澄さんのお父さんを見た時の、芳野さんの目は焼き付いている。

あの時まで、ほとんど芳野さんは存在感がなかった。二人の両親への連絡を済ませた芳野さんは、一言も口をきかなかったし、病院に着いてからは長椅子に座ったきり、人形のように動かなかったからだ。

だけど、あの瞬間、芳野さんの顔は何かの強い光を放っていた。

それが何だったのかはよく分からない。怒りのようにも見えたし、軽蔑のようにも見えた。あまり感情を露《あらわ》にしない芳野さんにしては珍しいことだ。

あの顔を見て、香澄さんのお父さんは、光に射抜かれたようによろけた。

それでも、香澄さんのお父さんの顔はよく思い出せない。芳野さんの顔を見てよろけたことは覚えているのに。

そして、あたしはまた空耳を聞いたのだ。

——あの子は、私の代わりに、全部背負っていってしまった。

あたしは本当に、あの声を聞いたのだろうか。

病院を出てからも、ずっと声のことを考えていた。

香澄さんの葬儀は、近親者だけでひっそりと行なわれた。

香澄さんのお父さんは、娘と同年代の少女たちが押しかけることなど、とうてい耐えがたいことだったようだ。新聞の夕刊に記事が載ったから、香澄さんが亡くなったことを知った女の子たちが連絡を取り合い、告別式に来たがっていたのに、お父さんはそれを頑《かたく》なに断った。担任の先生と、教頭先生が来ていたが、夏休みの家族旅行の帰りらしく、よく日焼けしているのがなんだか場違いだった。二人はひたすら恐縮していたし、「信じられない」と繰り返していた。

そんな大人たちを、あたしと芳野さんは冷めた目で黙って見ていた。

あたしと芳野さんは制服を着て参加したが、香澄さんのお父さんは、あたしたちのことを決して正面から見ようとはしなかった。再婚した奥さんは、感じのよい穏やかな人だったが、やはりお父さんと同じく印象は薄く、葬儀の時でさえ二人は灰色の塊みたいだった。

「見て、綺麗ね」

葬儀の会場を出て、芳野さんは木漏れ日を見上げた。

あたしはつられて見上げながら目を細めた。

たくさんの緑色の骨。

「全然分かってないわね、あの人たち。信じられない、だって。なんという悲劇、だって」

芳野さんは手をかざしながら小さく笑った。

「香澄は生きてるわ。死んでいるのはあの人たちのほう」

芳野さんは、確信に満ちた口調で言った。

お墓に納められる香澄さんの骨。

霊安室というのだろうか。

いや、そんな名前は付いていなかった。処置室、とかなんとかいうプレートが付いていたような気がする。

病院の静まりかえったその一室で、芳野さんはぽつんと座っていた。

お線香の匂いが鼻をつき、目に痛いほど白い布が、人間の形をしたものを覆っていた。

あたしは声を掛けられなかった。

そこに横たわっていたのが香澄さんだということが信じられなかったのだ。

あたしは実際にこの光景を見ていたのだろうか。声を掛けられなかったのではなく、本当はその場にいなかったのでは？

だけど、あたしはその場面を覚えている。暗い部屋にすっと伸びている白いお線香の煙と、じっと白い物体を見つめている芳野さんとを。

芳野さんは何も言わなかったし、涙も流さなかった。ただただじっとそこに座って、その白い布を見つめ続けていたのだ。そんな芳野さんを、あたしもずっと眺めていた。

生きている。死んでいる。

木漏れ日の降る坂道を並んで歩いていると、後ろから暁臣と月彦が呼ぶ声が聞こえてくる。彼らの夏服の白いワイシャツが、一瞬、死者をくるむあの布と重なった。

「芳野さん、どこに行くの？」

暁臣が尋ねた。

「学校」

「どうして？」

「香澄の遺品を取りに行くの」

「ご両親は？」

「また避暑に戻るらしいわ。香澄がいた学校に足を踏み入れるのが嫌なんですって」

芳野さんの声は冷ややかだった。

確かに、香澄さんの両親の態度はちょっと納得できなかった。ひどく憔悴《しょうすい》し、落胆してはいたものの、その一方で、一刻も早く娘のことを忘れてしまいたい、早くここから逃げ出したい、というような感じなのだ。

「へえ」

月彦が冷ややかな声で言った。

「あの人たち、ホテルをキャンセルしなかったのね」

芳野さんは薄ら笑いを浮かべて呟いた。

どういうことだろう。香澄さんと両親は折り合いが悪かったのだろうか。

「だから、まだあの家は予定通りあたしたちのアトリエよ。好きに使っていいって。絵を仕上げたら、片付けて戸締りしといてくれればいいって」

「行ってもいいの？」

暁臣が探るような目つきで言った。

「いいわよ。明日の朝には、あたしが戻って鍵《かぎ》を開けておくわ」

芳野さんは当然だと言うように頷くと、あたしを見た。

「真魚子ちゃんも来てくれる？　モデルになってもらう予定がこんなことになっちゃって、申し訳なかったわ。改めて、あたしのモデルになってくれる？」

「そんな、芳野さんが謝ることなんか」

あたしはなぜか返事に詰まった。

「あの絵はどうするのさ。演劇祭の絵」

暁臣が尋ねた。

「仕上げるわよ。あんたたちも手伝ってね」

「ひえー。真魚子さん、明日、毬子さんのお見舞いに行かない？　それから一緒に香澄さんの家に行こうよ」

暁臣はそう行ってから、ハッとして口をつぐんだ。

「――香澄さん、もういないんだ」

今葬儀から帰ってきたところなのに、意外そうに呟く彼の言葉は、そのままあたしの驚きでもあった。あの人はいない。もうじき焼かれて骨になってしまう。そう呟いてみても、全然実感がなかった。

暁臣と、病院の面会時間の始まる時刻に待ち合わせすることを決め、二人の少年は去っていった。

「あら、真魚子ちゃん、もういいわよ」

あたしがついていくと、芳野さんは不思議そうな顔をした。

「でも、学校に置いてあるものって結構たくさんあるでしょう。手伝います」

芳野さんはあたしの顔を暫く見ていたが、やがて静かに微笑《ほほえ》んだ。

「ありがとう」

学校はひっそりとしていた。職員室には何人か先生が出勤していたが、運動部の生徒もいない。

芳野さんは職員室に声を掛けてから、薄暗い校内に入っていった。

むっとする暑さにも、夏の終わりの気配が忍び寄っている。

三年生のいる棟に入るのは初めてで、ちょっとどきどきした。どういうわけか、上級生の教室だというだけで大人っぽく感じてしまう。

「体操服や教科書なんかは、終業式の日に持ち帰ってるはずだから、たぶんそんなに私物はないはずなのよ」

芳野さんはそう呟きながら、教室の後ろのロッカーを開けて見ていた。

「窓、開けますね」

あたしはどっと溢《あふ》れ出してくる汗に辟易《へきえき》して、教室の窓を次々と開けていった。

たちまち風が吹き込んできて、外の空気に教室が塗り替えられていく。

「いい気持ち」

芳野さんは風に向かって手を広げた。吹き込む風が、芳野さんの天然パーマの髪をライオンみたいに見せている。

「ふう、やっと汗が引っ込んできた」

あたしは窓枠に腰掛け、こめかみの汗を拭《ぬぐ》う。

芳野さんは暫くじっとしていたけれど、やがてぶらぶら歩き出すと、後ろの方の一つの席の前に立った。

「ここが香澄の席」

芳野さんは、のろのろと椅子を引いてそこに腰掛けた。

「香澄さん、目はよかったんですか」

「うん。受験生のくせに、どっちも一・五あったのよ」

芳野さんは頰杖《ほおづえ》をつき、ゆっくりと教室の中を見回した。

「へえ。そんなによかったんだ。羨《うらや》ましいなあ」

「ずるいわよね。成績もいいんだもの」

ふと、死者を羨んでいるのだと気付く。もう彼女の目は見えないし、彼女の目そのものがこの世界から消滅しようとしているのに。

突然、芳野さんの頰杖がぐにゃりと崩れた。

あたしはハッとする。

芳野さんの肩が震えていた。

机の上で、華奢《きゃしゃ》な両手が頭を抱えていた。柔らかな髪が、肩と机を覆うように流れている。その指も、髪も、小刻みに震えている。

「——嘘《うそ》。香澄。嘘」

喉《のど》から搾《しぼ》り出すような低い嗚咽《おえつ》が漏れた。

芳野さんが、泣いている。

あたしは、その時、恐怖を感じた。悲しんでいる芳野さんは、見たことのない動物みたいだった。普段の声とは似ても似つかぬ嗚咽は、見知らぬ獣の呻《うめ》き声みたいに聞こえて怖かった。

生きている。泣いている。

たぶん、あの時だったのだ。あたしがあの家に行こうと思ったのは。

夏の残りの日々を、毬子の代わりにあの家で過ごすことを決めたのは。

泣いている芳野さんに恐怖を感じながらも、あたしはもう決めていた。

この人のそばにいなければならない。それはきっと、毬子が電話を掛けてきた時から決まっていたことなのだ。あたしはこの人のそばにいなければならない。

それも、聞きたくはない、聞かないほうがよかったと思うような話を聞くために。

「——夢を見てたの、ずっと。子供の頃の」

毬子は、ずいぶん顔色が良くなっていた。

手術の直後は、本当に青白いのを通り越して灰色で、身体中の血がなくなってしまったのではないかと思ったくらいだったので、ベッドの上で柔らかな表情を浮かべている彼女を見てホッとした。

よかった、帰ってきたんだ。そんな感想が浮かんだ。

「痛い？」

暁臣がきいた。毬子はかすかに首を振る。

「ううん。でも、なんだか自分の身体じゃないみたい。首から下が全部バラバラで、あっちこっちにほったらかしになってるみたい。でも、こっちは動くのよ。あ、なんだかあやつり人形みたい。ずっーと先の方で指が動いてる」

毬子は左手の指を動かしてみせた。

右の上半身は完全に固定されているので、まだ起き上がったり、寝返りを打ったりすることはできない。

「夢を見てたの」

毬子はぼんやりと呟いた。

「川のほとりに、みんなでいたの。ブランコがあって、みんなの笑い声が聞こえた」

あたしはちょっと怖くなった。毬子の目はどこも見ていない。

やっぱり、帰ってきていないのかもしれない。

「まお、芳野さんは？」

急に毬子の目があたしを捕らえたので、どぎまぎする。それを押し殺し、さりげなく返事をする。

「絵を仕上げるって言ってるよ」

「あたし、手伝えなくなっちゃった。謝っておいてくれる？」

「うん。あたし、毬子の代わりに手伝うよ」

「ありがとう」

毬子の力のない視線が、別の質問をしているのが分かる。

あの人は大丈夫？　香澄さんをなくして、大丈夫？

あたしは頷いてみせた。

「芳野さんて、強い人だね。あたし、学校に、一緒に遺品取りに行ったの」

香澄さんの机の上で頭を抱えて震えていた芳野さんの姿が蘇ったが、そのことは言わなかった。

「そう」

毬子はあたしの返事に満足したようだった。一瞬、疲れたように目を閉じる。

「ごめんね、毬子さん」

暁臣がおずおずと口を挟んだ。

毬子の目が開き、ぼんやりと暁臣を見る。

「ごめんね」

「どうして謝るの」

毬子がふわりと答えた。暁臣は左右に首を振る。

「僕が悪かったよ。後悔してる。あんなこと言って」

「いいのよ」

彼が何を詫《わ》びているのかは分からなかったけれど、毬子はたいしたことではない、というように小さく顔を動かした。

「香澄さん、あたしをかばってくれた」

「えっ？」

暁臣とあたしは毬子の顔を見る。毬子の目は、またどこか遠くを見ていた。

「事故の時、あたしを突き飛ばしたの。肩から落ちて、あとは何も覚えていないけど、香澄さん、あたしをかばってくれたの。香澄さんは、逃げ切れなかった」

毬子は目を閉じ、顔を歪《ゆが》めた。

閉じたまぶたから、一筋の涙が流れる。

「毬子、無理して喋《しゃべ》らなくていいよ。もう休んで。あたしたち、行くわ」

あたしは暁臣に目配せした。彼も頷く。あたしは力を込めて言う。

「毬子のせいじゃないよ」

左手を動かすのがつらそうだったので、あたしはハンカチで毬子の涙を拭った。

「うん、うん」

毬子は泣きながら小さく頷く。

「余計なこと考えないで、ゆっくり休んで」

「前の晩、話したの。香澄さん、覚悟してた」

「え？」

「まお、芳野さんを手伝ってあげてね」

「分かってる。任せて」

毬子の言葉の意味を考えつつも、明るい返事をして病室を出た。

「——どういうこと？　香澄さん、覚悟してたって」

病院を出て歩きながら、暁臣にそれとなく尋ねる。

暁臣は無表情に肩をすくめた。

「香澄さんの家で、何があったの？」

「何もないよ。みんなで昔話をしてただけで」

「昔話って？」

「昔話は昔話さ」

暁臣は冗談めかして答えたが、表情が硬かったので、やはり二人が事故に遭うまでの数日間に、何かがあったのだと思った。

「ひょっとして、香澄さんのお母さんの事件と関係あるの？」

あたしはかまを掛けてみた。

暁臣は驚いた目で弾かれたようにあたしを見た。

そして、「ああ」とゆっくり頷く。

「そっか。真魚子さんのお父さんて、警察の人だったね」

あたしは慌てた。

「別にお父さんが喋ったわけじゃないわよ。もちろん、人にも言わないし。なんとなく、分かっちゃったの」

パパの名誉のためにも、これだけは言っておかなければ。

が、暁臣は咎《とが》める様子もなく、「だろうね」とクールに頷いたのでホッとした。

「僕も月彦も本当のところはよく知らないんだよ、当日何があったのか。あの頃、ちょっとずつ、近くで外側から見たことを知ってるだけで。でも、事故に遭う前の晩、香澄さんが毬子さんに何か打ち明けたことは確かなんだ」

「まさか、犯人のこと？　香澄さん、犯人を知っていたの？」

今度はあたしが驚いて彼の顔を見る番だった。

「真魚子さん、犯人が分かったら、お父さんに言う?」

彼の目は真剣だった。いつもはにこやかで他人を煙に巻き、本音を見せない彼の目が、今は怖いくらいに鋭い。

犯人が分かったら。

事の重大さに思い当たり、あたしはゾッとした。

犯人がつかまらなくて、あの頃パパたちはずいぶん非難されていたっけ。香澄さんのお父さんも、香澄さんのお母さんの愛人も、決定的なアリバイがあって、結局めぼしい容疑者が見つからず、「迷宮入り」ということになったのだ。

もし、犯人が分かったら。もし犯人がつかまったら。

「分からない。言うかもしれない」

喉がカラカラになっていた。

「真魚子さんて、正直」

暁臣は小さく笑った。

「よかった。もし、今、真魚子さんが『絶対言わない』なんて請けあったりしたら、僕、真魚子さんのこと信用しなかったかも」

笑顔ではあるが、彼の目は相変わらず鋭かった。

彼の言いたいことはなんとなく分かった。「絶対言わない」「内緒にする」「二人だけの秘密だよ」と請けあう女の子に限って、よそでその秘密の話をしたがるものなのだ。

晄臣は前を見た。

「香澄さんが何を毬子さんに打ち明けたのかは分からない」

「本当にあの事件のことだったのかしら」

「さあ。それもよく分からないけど——だけど、あの日の朝、二人はいつもと違って見えたよ」

「どんなふうに？　事故の日の朝のことよね」

晄臣は思い出すように視線を上に向けた。

「うーん。あの時は、なんだか生き生きしてて、綺麗に見えるなって思ったけど、今にして思えば、さっき毬子さんも言ってたように、何かを覚悟してたって感じだったかもしれない」

「毬子も？」

「そう。開き直った、って感じかも」

香澄さん、覚悟してた。

毬子の声が蘇る。病院に引き返してその言葉の意味を追及したい気持ちになったが、むろん、そんなことはできない。胸のどこかがもやもやするのは、「覚悟」の内容が知りたいからではなくて、嫌な気分になったからだ。あたしは妬《ねた》んでいる。二人が何かの秘密を共有したのは間違いない。重大な、特別な秘密を。あたしはどちらに嫉妬《しっと》しているのだろう。香澄さんか、毬子か。どちらかといえば、毬子に嫉妬していたような気がする。決して他人を自分の世界に入れない、毬子みたいにふわふわしたお嬢さんなどは絶対受け付けないだろうと思っていた香澄さんが、秘密を打ち明けたということに嫉妬したのだ。

しょせんは、あたしも香澄さんに憧れていたというわけだ。

あたしは一人で苦笑いをした。

人の心は残酷で気まぐれだ。この世から香澄さんがいなくなった今になって、いや、いなくなったからこそ、ようやくそのことを認めることができたのだ。もし香澄さんが生きていたら、あたしは絶対、自分が彼女に憧れていることや妬んでいることを認めなかっただろう。死ぬということは、許されてしまうことでもある。

「見て、虹だよ」

暁臣が指さした。

「え？」

目をやると、確かにそこに虹があった。

本物ではない、庭先の小さな虹。

香澄さんの家の庭で、芳野さんが水を撒《ま》いていた。

太陽の光にキラキラ瞬きながら、雫《しずく》が噴水のように庭に満ちている。

芳野さんは真剣な顔で、いっしんに水を撒いていた。その姿は、不思議と何かと戦っているように見えた。彼女が握っているホースが剣か何かで、見えない誰かと庭で戦っているように思えたのだ。そこに浮かんでいる儚《はかな》い虹は、何だろう。戦いを仲裁する声なのかもしれないし、戦ったごほうびなのかもしれない。

「芳野さーん」

暁臣が叫ぶと、芳野さんはパッとこちらを見て、微笑んだ。

あたしはその瞬間、なぜかゾッとした。

そこに立っているのが、香澄さんのような気がしたからだ。うまく言えないけれど、芳野さんが香澄さんになってしまったみたいだった。顔かたちは芳野さんなのに、そこには香澄さんがいる。まるで、二人が重なりあって一人になってしまったような錯覚を感じた。

香澄は生きてるわ。

芳野さんの言葉を思い出す。

生きている——香澄さんは生きている。今も、芳野さんと一緒に。

その日の午後から、香澄さんの家で過ごし、あたしと暁臣は芳野さんが大きな背景を描くのを手伝った。もっとも、芳野さんはあたしたちと比べ物にならないほど作業が速かったので、あたしたちはせいぜい足手まといにならないようについていくのが精一杯だった。

それにしても、普段はあんなにおっとりとしている芳野さんが、絵を描く時にはあんなに機敏で、獰猛《どうもう》と言ってもいいくらいの動きを見せるのには驚いた。美大を受けるとは聞いていたけれど、ある種の天才なのかもしれない。

あたしはなんとなく落ち着かなかった。

自分が、あとから来た侵入者だという感じが消えなかったからだ。何かの拍子に芳野さんや暁臣がふと部屋の隅や廊下に目をやる時がある。そういう時の二人は、もういない香澄さんや毬子の姿を捜しているのだ。二人とも特に意識していないだけに、その素振りにはぎくりとさせられる。

いつだったか、TVで白黒映画をやっていた。ママと夢中になって観たっけ。『レベッカ』という映画で、大きなお屋敷の主人と再婚してやってきた若い女が主人公だ。彼女はその大きなお屋敷のそここに残っている死んだ前妻の面影《おもかげ》に苦しみ、恐怖を覚える。ちょうど今のあたしはそんな感じだった。この家に残る香澄さんの気配におびやかされている。なぜそれがこんなに怖いのかはよく分からなかった。

「外でお茶しようか」

作業が一段落して、芳野さんは汗を拭いながら提案した。

夏は過ぎつつあった。

一時期の凄《すさ》まじい暑さもここ数日で峠を越して、日が傾くと涼しい風が吹くようになっていた。

「レモネードを作るわ」

「いいですね」

あたしと芳野さんは手を洗い、並んでキッチンに立った。

ふと、芳野さんがあたしを見た。

「真魚ちゃん、背が高いのね。香澄と同じくらいかな——ううん、もっと高いみたい」

「これ以上伸びないでほしいんです。ちょっとカカトのある靴履くと、男の子より大きくなっちゃうんだもの」

背が高いのは密かなコンプレックスだ。あたしが着たいような服を着こなすには悪くないのだけど、やっぱり小柄で華奢な女の子に憧れる。

清人はあたしよりも背が高いので、並んで歩いていてもホッとする。自分より小さい男の子と並んで歩く時は、ついつい猫背になってしまう。

芳野さんは「そうか」と頷いた。

「フレアースカートなんかだと、カカトがない靴じゃ似合わないものね」

「そうなの。あたし、大人っぽい格好好きだから」

「このあいだの青いワンピース、素敵だったわ。あの格好で絵を描かせてほしいな」

「あれ、今、クリーニングに出してるんですよ」

正直言うと、あの日以来、なんとなくあのワンピースを着る気をなくしていた。あのワンピースを着て、この家の玄関に立った時のことをまざまざと思い出してしまいそうなのだ。

「あの時、あたし、取り乱しちゃって、すみませんでした」

「なんで謝るのよ」

芳野さんは小さく笑い、手を止めて呟いた。

「あの時の真魚ちゃん、とっても綺麗だったわ。とっても」

あたしは返答に困った。二人でレモンを絞る。

「レモネードとレモンスカッシュの違い、分かる？」

芳野さんは何もなかったかのように尋ねた。

「はい？　レモンスカッシュは炭酸で割るんですよね？」

そう答えると、芳野さんはつかのま真顔であたしを見ていたが、やがてにこっと笑った。

「そう。水で割るか炭酸で割るかの違いよ」

庭で、テーブルを囲む。

なぜあたしはここにいるのだろう。ここにいていいのだろうか。

家に着いた時から何度も心の中で繰り返していた。

毬子にも頼まれたし、自分でも芳野さんについていなくてはと決心したはずなのに、自分が場違いだという印象はなかなか消えなかった。それに、芳野さんはとてもしっかりしていて、香澄さんの机で泣いた時以外に弱気なところを見せたことは全然なかったのだ。

この人は、あたしなんかちっとも必要じゃない。むしろ、あたしが気兼ねしないように気を遣ってくれている。そのことが、レモネードの酸っぱさに重なって、なんだか哀しかった。

「月彦はどうしたんだろう。やっぱり、香澄さんがいないと来ないんだなあ」

暁臣が、不満そうに門の方を振り返った。

なぜかどきっとする。

あの月彦という男の子を目にした時の印象は、強くあたしの中に焼き付いている。

さえざえとした静かな光。こんな男の子がいるなんて。

「あの子はおセンチな子だから、どこかで一人静かに香澄のこと考えてるんじゃないかしら」

芳野さんはさらりと言った。

この人の強さを実感するのはこんな時だ。あたしだったら、うんと大事な人がいなくなってしまったら、その名を口に出したり、話題にすることすら痛みを感じてしまうだろう。現に、そんなに親しくなかったあたしですら、こうして香澄さんの話題になると鈍い痛みを身体に感じるのだ。それとも、それはあまり親しくないせいなんだろうか。同情や感傷が入っているからなんだろうか。あたしは本当に親しい人、大事な人をなくしたことがないから分からないのだろうか。もしかして、本当に本当に大事な人をなくしてしまったら、芳野さんのようにさらりと受け答えができるのだろうか。

暁臣は首を振る。

「違うよ。月彦、ここんとこ数日、何か調べまくってるんだ」

「え?」

芳野さんがかすかに眉《まゆ》を顰《ひそ》めた。

「図書館で、昔の新聞とか調べてる」

暁臣がそう言うと、芳野さんは小さく溜息《ためいき》をついた。

「なるほど。それが彼の追悼《ついとう》なわけね、過去の亡霊を呼び覚ますのが。やれやれ」

芳野さんはそっとあたしを見た。その視線の意味するところに、あたしも暁臣も気付いていた。暁臣が口を開く。

「大丈夫、真魚子さんは知ってるよ、香澄さんのお母さんの事件のこと。彼女のお父さんは、警察官なんだ」

芳野さんは一瞬目を見開いた。

「まあ——そうだったわ、言われてみれば、毬子ちゃんから聞いたような気がする」

パパの職業については、昔からいつも、こんな反応をされるのに慣れていた。一時は嫌だと思ったけれど、今はもう平気だ。しかし、次の芳野さんの反応はあたしの予想を超えていた。

芳野さんはニコッと笑ったのだ。それはもう、嬉しそうに。

あたしも暁臣もあっけに取られた。

「よかった。これで、心置きなく合宿に参加してもらえるわね」

芳野さんは嬉しそうに言った。あたしと暁臣は顔を見合わせる。

むしろ、逆の反応をすべきではないか。彼らの話は、察するに、もしかすると犯罪に関係のある、重大な秘密なのだ。親が警察官の子を、その話の輪に入れるほうがどうかしている。

「あたし、真魚ちゃんが好きよ。絵を仕上げるまで一緒にいてほしいの」

芳野さんはにこやかなまま言った。

この人は、言いにくいことをこうもさらりと言える人なのだ。あたしは赤面するのを感じた。女の子にこんなことを言われて赤面するなんて、自分でも驚いていた。

「それを聞いて安心したわ。真魚ちゃんは、責任ということが分かる人だわ。それを果たす強さもある。だから、香澄の話をしても平気だわ。お父さんがそういうお仕事なら、秘密を守るということの重大さが分かってるもの。そういうことが分からなくて、ただ内緒の話だけを聞きたがる女の子がいちばん困るの。あたし、真魚ちゃんがそんな人だったらどうしようかと思ってた」

芳野さんはすらすらと言ったが、それはあたしに対するプレッシャーでもあった。

「ね、真魚ちゃんは、不用意に秘密を漏らしたり、告げ口するような真似をする人じゃないわよね？」

芳野さんは畳み掛けるように続けて、あたしに微笑みかける。

あたしは罠《わな》に落ちたのかもしれない。こんなふうに芳野さんに言われてしまったら、もし香澄さんのお母さんの事件の犯人が分かったとしても、なかなかパパには言えない。その犯人が知らない誰かだったらまだいいけど、どうしよう、もしあたしの知っている人だったら？　その名前を知ったまま、ずっと独りで抱えていかなければならないとしたら？

悶々《もんもん》としながらパパと朝ご飯を食べているところが目に浮かんだ。パパは涼しい顔で新聞を読み、あたしはパパの目をじっと盗み見る。今日こそは言わなければ。いや、やっぱり言えない。そうやって苦しむ日が来るのだろうか。

暁臣も蒼白《そうはく》になっていた。芳野さんがあたしに仕掛けた罠に、彼も気付いているのだ。

「月彦がいつ来るか、楽しみだわ」

芳野さんは二人の顔色に気付いているのかいないのか、そっと門の方に目をやった。

その時だったら、まだ帰れたかもしれない。芳野さんのプレッシャーなど気付かぬふりをして、帰ってしまうという方法もあった。聞かなければ済む話だ。嫌なことは聞かずに、逃げてしまえばいい。

けれど、あたしは同時に強い誘惑を感じてもいた。ずっと自分が場違いな侵入者のように思っていただけに、芳野さんたちの輪に入れるというのは大きな魅力だったのだ。もう香澄さんはいないけれど、彼女たちの世界にあたしも入れてもらえると思うと、ここで帰るわけにはいかなかった。それに、人は秘密という言葉に弱い。どんな秘密であれ、それを共有したいと願うものだ。

あたしは動けなかった。グラスを抱えて、酸っぱいレモネードの残りを黙ってすすっていた。グラスの底で、溶けた氷がカラカラと乾いた音を立てる。氷が溶けて、下へ下へと落ちていく。それはなんだか、今のあたしに似ていた。

夜になった。

他人の家で夜を迎えると、いつもなぜか懐かしい気分になる。子供の頃、最初に家の中のルール——コップやお箸《はし》や新聞の置き場所とか、冷蔵庫の中のものとか、タオルの保管場所とか——を順番に覚えていった頃のことを思い出すからだろうか。身の回りのものの一つ一つや、他人の家の秩序や習慣が新鮮に感じられるからかもしれない。

静かな夜だった。

ほんの数日前までは、こうして芳野さんや暁臣と一緒にこの家でこんな夜を過ごすことになるなんて、全然想像もしていなかったので、不思議な心地がした。

冷やし中華を作って食べる。ハムやワカメや薄焼き卵、モヤシやほうれん草など、具をてんこもりにしたので、お腹がいっぱいになってしまった。

麦茶を飲んで一息入れる。食べるとどうしてこんなに身体が熱くなるのだろう。

「暑いわね」

沢山買い込んでおいたカップのアイスクリームを出して、三人で黙々と食べた。

「暁臣、何味の食べてるの？」

芳野さんが暁臣の手元を覗《のぞ》き込む。

「ストロベリー」

「ストロベリー味のお菓子って、イメージは女の子だけど、実際は男の子の方が好きよね」

「そうかなあ。僕は昔からストロベリー味好きだったよ」

「宵子《しょうこ》ちゃんは？」

「姉貴はチョコレート」

「香澄がね、暁臣はだんだん宵子ちゃんに似てきたって言ってたわ」

「へえ」

やはり香澄さんの名前が出るとぎくっとする。この家には香澄さんの気配が満ちているのに。

「やっぱり、そういうものなのかな。分身をなくすと、同化しちゃうんだね」

「同化？」

「うん。二重人格の人って、治療すると、両方の人格が混ざって一つになるんでしょう。それと同じで、二人で分担してた性格が、片方いなくなると、もう片方が兼ねるようになるんだよ」

「ふうん」

あたしはじっと二人の話を聞いていた。暁臣のお姉さんが、香澄さんのお母さんが殺されたのと同じ日に、音楽堂の屋根から落ちて亡くなっていることも知っていた。あたしはよく覚えていなかったのだけれど、清人が教えてくれたのだ。

「今の芳野さんがそうじゃない」

「あたしが？」

芳野さんはスプーンを動かす手を止めた。

「そう。芳野さん、なんだか香澄さんになっちゃったみたいなんだもの」

あたしはハッとして暁臣を見た。彼もそれに気付き、同意を求める。

「ね、真魚子さんもそう思ったでしょ？」

あたしは中途半端な笑みを返した。彼が同じことを感じていたのが意外だったし、そう感じていたことを芳野さんに知られるのは居心地が悪かった。けれど、芳野さんはあたしの顔を見て、あたしが彼の意見に同意していることを一瞬にして読み取ってしまった。

「ふうん――そうかあ。自分では気付かなかったわ」

「なんというか」

あたしは恐る恐る口を挟んだ。

「時々、表情がハッとするほど似てるんです。立ち姿とか、じっとどこかを見てるところとか」

「そうそう。香澄さんといた時の芳野さんは、ふわんとした感じだったし、そういう役割だったでしょ、きっと。だけど、今は香澄さんの鋭いとことか、一緒にいると緊張するところとか、時々入ってきてるんだよね。きっと、無意識のうちに香澄さんの役割を受け持ってるんだよ」

「あたしに憑《つ》いてくれてるのかしら。だったらいいのに。呼んだら出てきてくれるかしら。おーい、香澄ー、聞いてるー？」

芳野さんはのんびりと辺《あた》りを見回し、天井に向かって叫ぶ。

「やめてよ、芳野さん。これで『ハーイ』とか言って出てきたら、洒落《しゃれ》になんないよ」

暁臣が半分苦笑、半分怯《おび》えたように手を振った。

その時、上の方からガタン、という大きな音がした。

三人でギョッとして天井を見る。

静まり返る家の中。開け放した窓の網戸の向こうで虫の声が聞こえるだけ。

「何、今の音」

「何か落ちたような音だったね」

「いやだ」

青ざめた顔で、互いに顔を見合わせる。

「香澄の部屋からだわ」

芳野さんが上目遣いに呟いた。

「えっ」

思わず階段の方に目をやる。薄暗い階段。その上の闇が、やけに濃い。そこに誰かがうずくまっているような——慌てて目を凝《こ》らした。もちろん、そこには誰もいない。

「行ってみるわ」

芳野さんは、むしろうきうきした顔で立ち上がった。暁臣が慌てて引き止める。

「よしなよ。怖いじゃない」

「香澄が戻ってきたのかもしれない」

そう言う芳野さんの顔には、恐怖はみじんもない。そのことにあたしはゾッとした。

「そんな」

暁臣は絶句した。

さっさと芳野さんは階段に駆け出していた。あたしと暁臣は顔を見合わせる。

カーテンの後ろの影や、窓の外の闇が急に膨らんできたような気がした。

ここに残されるのも嫌なので、二人で後を追う。

心臓がどきどきいっていた。まさか。そんなことがあるはずはない。香澄さんは死んだ。上の部屋のドアを開けて、そこに誰かが立っていたら。香澄さんがあたしたちを振り返ったりしたら——

芳野さんが、香澄さんの部屋のドアを開ける乾いた音がした。

中に入っていった芳野さんが立ち止まる。

「芳野さん？　どうかしたの？」

暁臣が背中から声を掛けた。

芳野さんは無言で中に入ると、あたしたちに彼女が見ていたものを見せた。

「あ」

そこには、奇妙なものが落ちていた。

外国の民芸品か何かだろうか。灰色の、木でできた仮面だ。

「なんだ、これが落ちた音だったんだね」

暁臣はホッとしたように呟いた。

「釘《くぎ》がゆるくなっちゃってる」

芳野さんは、壁の上の方に突き出している釘に触れてから、そっとその仮面を拾い上げた。

目の部分が細く、口もとはうっすらと笑みを浮かべている。随分古いものらしく、あちこち色がはげているし、角は手垢《てあか》で黒く光っていた。

「すごく古いものみたい」

あたしがそう言うと、芳野さんはあたしを見た。

「香澄のお母さんの形見なの」

「そうなんですか」

領きながらも、どうしてこんなものが形見なのかという疑問がチラッと頭を過《よ》ぎる。なんだか、気味が悪い。

「仮面て、不思議だよね。付けると、別の人間になれる」

暁臣が呟いた。

「何よ、付けたことがあるの？」

芳野さんが面白がるような声できいた。

「うん。香澄さんに、それ、一度借りたことがあった」

「あら、何に使ったの」

「いや、ちょっと付けてみたかっただけさ。すぐに返したよ」

「それは賢明ね。この仮面、呪《のろ》われてるから、あまり付けない方がいいわよ」

「えっ。呪われてるって？」

暁臣は青くなった。

「これを何度も付けてるとね——死にたくなるの」

芳野さんはぼんやりと仮面を見下ろした。

「まさか」

「ふふ、冗談よ」

芳野さんは静かに笑うと、仮面を壁には戻さず、香澄さんの机の上に置き、椅子を引き出すと、そこに横に腰掛けた。

急速に緊張が解けた。あたしは、思わず溜息をついていた。

「あたしが羽なんか見たせいかしら」

芳野さんは、天井を見上げながら、椅子を左右にぎしぎし音を立てて回した。

「羽？」

あたしと暁臣は、香澄さんのベッドに腰掛ける。もう主のいない部屋に今いるということが実感できなかった。

「そう。信じてもらえないかもしれないけど、あの事故の朝、自転車に乗っていく二人の背中にね、羽が見えたの」

「天使みたいな？」

「そうね――あたし、あたしがあの羽を見たせいで、香澄が逝《い》っちゃったような気がして」

芳野さんは膝の上の手に目を落とした。

「まさか」

暁臣は馬鹿らしい、というように両手を上げ、ふと思いついたように部屋の中を見回した。

「香澄さんは、好きな男とかいなかったのかな」

まるで、部屋のどこかにその男の名前が書かれているとでも言いたげだ。

「いたわよ。同じくらい憎んでもいたけど」

芳野さんは謎めいた笑みを浮かべる。

「へえっ。僕の知ってる男？」

「さあね」

「まさか月彦？　邪険にしてたけど、なんか複雑だったよね、香澄さんのあいつに対する態度は」

暁臣はかまを掛けていたが、芳野さんはニコニコ笑ったまま相手にしない。

「芳野さんは、香澄さんに再会した時、すぐに分かったんですか？　子供の頃からずっとブランクがあったわけでしょう。香澄さんが高等部に編入してきたのはいつですか？」

あたしは気になっていたことを尋ねた。

「そうね。香澄が入ってきたのは、高一の秋だったかな——最初は気付かなかったのよ。綺麗な人だとは思ったけどね。もちろん、名前も変わってたし」

芳野さんは思い出す表情になった。

「いつだったか、どこかですれ違ったの。そうそう、通学路の桜並木ね。高二の春が終わって、葉桜になってた頃。あそこで、たまたま彼女とすれちがったのよ」

その光景が浮かんだ。

通学路の桜並木は樹齢が古く、どれも大木なので、花を落とし、陽射しが濃い季節を迎えると、薄暗い緑の闇になるのだ。

「不思議なものね。顔を見ても分からなかったのに、あの薄暗い道をすれ違った瞬間に分かったの。あれは、何でだったのかしら。輪郭かしら、気配かしら。きっと、見えない部分で感じたのね――あたしはこの子を知っている。ずっと昔、うんとそばにいた人だって」

緑の影の中ですれ違う少女。

「あたし、振り向いたの。そうしたら、彼女も振り向いた。とたんに、名前を思い出したの――『カズちゃん？』あたし、そう言ったの。そうしたら」

芳野さんの視線がぼやけた。

「あたし、覚えてる。薄暗かったけど、あの時の香澄の表情だけは覚えてる。あの時、香澄はとっても哀しそうな顔をしたの。ああ残念だ、ああ仕方ない。そんな表情よ」

「どうして？」

あたしは尋ねた。

芳野さんは、淋《さび》しそうな笑みであたしを見る。

「香澄は、自分からは打ち明けようとしなかったし、あたしに声を掛けようともしなかったわ——知らない人の振りをしてたのよ。あたしが気付かなければ、ずっとそのままでいようとしたに違いないわ。でも、あたしが思い出してしまった。だから、あんな哀しそうな顔をしたのよ」

「昔のことを思い出したくなかったから？」

暁臣が尋ねた。

芳野さんは首を振る。

「あたしに昔のことを思い出してほしくなかったのよ」

「同じことのように聞こえるけど？」

「違うわ。香澄があたしに近付いてきたのは、あたしが彼女のことを思い出してしまったから。彼女はそうしないわけにはいかなかったのよ——あたしを見張っていなくちゃならなかったから」

「見張る？」

その言葉が異様に思えて、あたしは思わず繰り返していた。

「そういえば、月彦は香澄さんを見張っているって、香澄さんが言ってたけど」

暁臣が不思議そうに言った。

「違う。月彦はいつも勘違いをしてる。香澄を見張る必要なんてなかったわ。香澄があたしを見張ってたのよ」

芳野さんは淡々と答えるけれど、さっぱり意味が分からない。

二人は仲良しではなかったのか。芳野さんの見せた涙や執着は、見せかけのものだったというのだろうか。いや、とてもそうとは思えない。

「どうしてそんな必要があるんだよ」

暁臣はイライラした声できいた。

芳野さんは無表情に彼を見た。

「あたしがあの晩香澄と一緒にいたから。それに」

そのあまりに乾いた視線は、暁臣を黙らせてしまった。

「翌朝、あたしが香澄の犬を一緒に埋めたからよ」

「えっ」

暁臣の驚きようはただごとではなかった。みるみるうちに顔色が変わる。

「犬って、僕が見て、いなくなったあの犬?」

「そうよ」

「やっぱり、あの犬は死んでたんだ」

「そう」

暁臣は続けて芳野さんを問い詰めようとしたが、芳野さんは椅子から立ち上がり、暁臣の肩にそっと触れた。暁臣は矛先《ほこさき》を封じられた形になって、またしても黙りこんでしまう。

芳野さんはチラッとあたしを見た。

「ごめんね、何の話だか分からないでしょう。でもね、もう少しよ。きっともう少しで、全部分かると思うの。きっと真魚ちゃんには分かると思う」

それは予言のようだった。芳野さんがそういうと、そんな気がしてくるから不思議だ。

だが、何を？

「暁臣、あなたの知ってること、真魚ちゃんに教えてあげて。あたし、洗い物してる」

芳野さんは小さく手を振ると、一人で部屋を出て階段を降りていった。

あたしと暁臣は、灰色の仮面と一緒に香澄さんの部屋に残される。

また一つ、逃げ道を塞《ふさ》がれた。

あたしは、グラスの底に氷が溶けて落ちるカランという音を聞いたような気がした。


暁臣の話を聞いて、早めに布団に横になったあとも、なかなか寝付けなかった。

夜の風が窓を鳴らしている。いつのまにか、外は強い雨になっていた。

こんなまとまった雨はずいぶん久しぶりのような気がする。

隣の布団で寝ている芳野さんが気になって仕方がなかった。

不思議な人だ。強くて、優しくて――でも、怖くて、とらえどころがない。

「眠れないの？」

突然、芳野さんが話し掛けたのであたしはぎょっとした。その声ははっきりしていたので、芳野さんもずっと起きていたのだと分かった。

「なんだか目が冴えちゃって」

「ひどい雨ね」

雨が川を流れる音が大きくなっている。

「キッチンで何か飲みましょうか」

芳野さんがごそごそと起き上がったので、あたしも一緒に起きる。

家の中は白黒の世界だった。雨の音が大きい。

客間で眠っている暁臣を起こさないようにそうっと廊下を歩く。もっとも、この雨の音で聞こえないに違いない。

ドアを閉めてから、キッチンの明かりを点《つ》けた。眩《まぶ》しくて、目が慣れるまで少し時間が掛かった。

「何飲む？」

「じゃあ、麦茶を」

芳野さんは、あたしのグラスに麦茶を注ぎ、自分は壜《びん》ビールを出した。栓を抜いて注ぐ様があまりにも自然なので驚く。

「芳野さん、お酒飲むんですか」

「受験勉強の合間に時々ね」

小さく乾杯して、冷たい麦茶を飲むと、身体が目覚めてくるようだった。

「毬子が当日、近くにいたっていうのは本当なんですか」

あたしは声を潜めて尋ねた。

芳野さんは、グラスのビールを一息に飲み干すと、頷いた。

「ええ。そうらしいわね。彼女は、自分に暁臣のお姉さんの死の責任があると思ってたみたい。暁臣もそう思いたがってたようよ」

「えっ。でも、暁臣君は、毬子のこと好きみたいだけど」

「だからよ。暁臣はそういう子なの。毬子ちゃんには責任があるから、自分とつきあうべきだ、みたいな考え方をする子なのよ。でも、実際のところは、誰にも分からないわ。あれは事故よ。たまたま、毬子ちゃんが近くにいる時にあの子が音楽堂から落ちてしまって、毬子ちゃんはそのことに罪悪感を覚えてるだけ。それも、ほとんど暁臣にそう仕向けられたからなんだけど」

芳野さんはドライな口調でそう言った。確かに、暁臣にはそういうところがある。

「香澄さんは、お母さんを殺した犯人を知っていたんでしょうか」

「ええ、たぶんね」

芳野さんはこともなげに答えた。

「なぜ誰にも言わなかったんでしょう」

「なぜだと思う？」

逆に聞き返される。芳野さんは無表情にビールを注いだ。

「その人をかばっていたから？」

「かもね。もしくは」

「もしくは？」

「その時には分かっていなかったのかもしれないわ。自分の見たものの意味が分かっていなかったのかも。その意味を、ずっと後になってから理解したのかもしれない。なにしろ、当時は子供だったし、そういうこともあるんじゃないかしら」

「後になってから――」

それはどんな場合だろう。

「あたし、香澄が好きだったわ。見張りが目的でも構わなかったから、そばにいたかった」

芳野さんは淡々と呟いた。

「香澄さんは、芳野さんも犯人を知っていると思っていたんでしょうか」

「たぶんね。直接聞かれたことはなかったけど」

「芳野さんは知っているんですか」

思わず声が低くなった。

芳野さんは首をかしげる。

「知っていると思う時もあるし、知らないと思う時もあるわ」

禅問答みたいだ。

「あたしは、誰にも言いません。ここで聞いた話」

あたしはきっぱりと言った。芳野さんと話しているうちに決心が固まったのだ。

「知ってるわ。真魚ちゃんは言わないって」

芳野さんはあっさりと頷いた。たいしたことではない、というような口調に拍子抜けする。

「不思議ね。あなたがあの日、青いワンピースを着てここに現れた時、それが予定されていたことのように思えたの。毬子ちゃんが入院して、代わりにここに来てくれた時も、そんな感じがしたわ。あなたは、きっと、あたしたちに必要だったのよ」

「必要？」

「そう。あたしたちは、みんな当事者だったから、第三者が必要だったの」

「なんのために」

「さあね。そこまでは分からないわ。でも、きっと、何かが終わる時には、見届けてくれる人が必要なのよ。近くで終わりを見届けてくれる人が」

「終わりって、香澄さんが亡くなったことですか」

「それだけじゃなくて、いろいろなことの終わりよ」

芳野さんは、空になったあたしのグラスにビールを注いだ。

あたしは口をつけてみたが、やけに苦くて冷たかった。


翌朝も、雨は弱いながらも残っていた。

空は暗く、肌寒さすら覚える。いよいよ夏も末期症状だ。

庭に広げないと、もうあの大きな絵は描けない。塗り始めてしまったこの段階になると、ペンキの匂いも強烈だし、屋内での作業は難しいのだ。今日は雨が止むまで一休みすることになった。

あたしは、芳野さんの絵のモデルをすることにした。暁臣も描くという。

香澄さんを描いたという絵を見せてもらった。亡くなる直前に描かれた絵だ。

あたしは絶句した。

そこには、あたしの知っている香澄さんがいた。シンプルな絵だったけれど、香澄さんのキャラクターがそこにしっかり描かれていた。芳野さんの絵の中で、香澄さんは生きていた。この人は、本当に香澄さんが好きだったのだと、改めて息が詰まりそうな気分になった。

香澄さんが座っていた場所で、自分がモデルになっていることが信じられなかった。白の半袖《はんそで》ブラウスと、花柄のフレアースカートに着替えて椅子に腰を降ろす。照れくさいような、怖いような、身の置き所のない気持ち。

まだ一週間も経っていないのに、あの絵の中の少女はもういない。

芳野さんは、絵を描き始める前に古いレコードを掛けた。

「香澄とよく聴いたレコードなの」

ゆったりした、物憂げなメロディーが流れ始める。

「ふうん。この曲、何？」

暁臣が尋ねた。

「サラバンドよ」

「三拍子なのに、ワルツとは全然違うんだね」

暁臣がレコードのジャケットに見入っている。短い曲を沢山集めた、クラシックのレコードらしかった。

その曲は、雨の朝に似合っていた。家の中で、じっと座っている時に、流れるのにふさわしい曲。どことなく懐かしい、そして物悲しい心地になる。過ぎ去った日々を、もういない少女を悼《いた》むのにふさわしい曲。

絵を描いている時の芳野さんの目は怖かった。

自分がただの物体に、対象になったことを思い知らされるのだ。あたしを通して、どこかずっと遠くを見ている目。すべてを射抜き、何かをつかもうとしている目。そんな目をした芳野さんはとても美しくて、荘厳な気配すら漂わせていた。

ついついあたしは絵を描いている芳野さんに見入っていた。相変わらず、紙に殴りかかるような凄《すご》いスピードで絵を描いていく。

「芳野さん、早すぎだよ。もう描き終わっちゃうよ」

芳野さんの手元を覗き込んだ暁臣が慌てる。

「ふふ。大丈夫、角度を変えてもう一枚描くわ。せいぜいゆっくり描いててよ」

「ちぇっ」

言葉通り、芳野さんは椅子とイーゼルをずらしてあたしの真横に座った。描いているところが見えないのが残念だ。

「横顔、素敵よ」

芳野さんがそう言ってまた絵を描き始める音がした。紙の上を滑る鉛筆の音。

香澄さんと芳野さんは、こんなふうに濃密な時間をどれほど一緒に過ごしてきたのだろう。そんな長い時間を過ごした人がいなくなってしまうなんて、想像もできなかった。

病院で横になっている毬子の姿が目に浮かぶ。

毬子が助かって、本当によかった。心の底から安堵する。この安堵が、絶望だったかもしれないのだ。その絶望を、芳野さんはずっと味わい続けているのだと思うと、罪悪感を覚えた。

「いいのよ」

突然、芳野さんがそう言ったので、ぎくっとして彼女の顔を見た。

「もう少し、楽にして平気よ」

にこやかにそう言われて、ポーズのことだと気付く。まるで心の中を読まれたかのようなタイミングだっただけに、ほっとした。

結局、暁臣が一枚描く間に、芳野さんは三枚描いた。

描かれた自分は、新鮮で意外だった。

「あたしってこんなふうなんですか」

思わずそう呟くと、芳野さんが不思議そうな顔をした。

「こんなふうって?」

「想像してたのより、ずっと清純な感じ」

芳野さんは「あはは」と笑った。

「そうよ。真魚ちゃんはとても清楚《せいそ》で清純よ」

芳野さんはにこにこしていたが、ふと真顔になって言い添えた。

「あなたが思っているよりも、ずっとね」


午後になって、雨は止んだ。

芳野さんと暁臣は、食料の買い出しに出掛けていった。今夜はすき焼きにしようと言っていたっけ。そう言われると、甘辛いたれでお肉を食べるのが楽しみだ。毎日暑さでうんざりしていたが、やっと食欲というものを思い出したみたいだ。

家の中で留守番をしながら雑誌を読んでいると、ふと、誰かが外を通ったような気がした。なぜそう思ったのかは分からない。音を聞いたのか、庭を横切る影を感じたのか。

あたしは恐る恐る窓から外を見た。

間違いない。誰かが庭を歩いている。庭を横切って、川の方に向かっているらしい。

近所の人が、通り抜けでもしてるのかしら。

音を立てないように、ポーチに出るドアを開けて外を覗き込む。

そこに、彼がいた。

ブルーのシャツを着た少年。胸がどきんとする。

あの子だ。月彦。

相手が誰だか分かったので、少しほっとして外に出る。

彼は、船着場にかがみこんでいた。今は、ボートもない、ただの船着場。

彼は川面《かわも》を見てじっと何かを考えているようだった。ボートを繋《つな》ぎ留《と》めておく石の柱をそっと手で撫《な》でている。

何をしているんだろう。彼は、まっすぐあそこを目指して庭を横切ってきた。あそこが目的地であるのは間違いない。少なくとも、香澄さんを悼むためにわざわざそこにやってきたという雰囲気ではない。

声を掛けるべきかどうか迷った。

が、立ち上がってこちらを振り向いた彼の方があたしに気付いた。

「なんでここに？」

不思議そうな声で尋ねる。

「毬子の代わりに、絵の手伝いに来てるの」

「そうか。あんた、家に残ってたんだね。さっき、芳野さんと暁臣が出ていくのが見えたから、留守だと思って入ってきたんだけど」

なるほど、二人が出掛けるのを見ていたから、あんなに堂々と庭に入ってこられたのだ。

「何をしてるの？」

あたしは彼の方に歩いていった。彼は小さく肩をすくめる。

「見ろよ、川が増水してる」

「増水した川を見に来たの？」

「そう」

あたしは彼の隣に立った。

確かに、ゆうべ降った雨で、川は大きく姿を変えていた。灰色に濁った水が勢いよく流れていて、水位も上がっている。

「ここ、雨が降ると一気に増水するんだよな。普段はそんなに流れもないのに、一雨来ると、船着場から一メートルくらいのところに、強い流れができるんだ」

月彦は近くに落ちていた小枝を投げた。水面に落ちた小枝は、くるりと回ってから、あっというまに流されて見えなくなる。

「ほらね」

「それをわざわざ確かめに来たの？」

あたしは彼の横顔を見た。彼はじっと流れを見つめている。

「それもある」

「このことを芳野さんに言ってもいい？」

「いいよ、別に」

少年は再び肩をすくめた。

あたしはぐずぐずしていた。なぜかそこを離れたくなかったのだ。

「あの子、死ななくてよかったね」

彼は川面を見たまま言った。毬子のことだ。

あたしは大きく頷いた。

「うん。本当によかった」

「何か言ってなかった？」

彼はチラッとあたしを見た。

「何かって」

「前の晩、香澄と話したこととか」

「ううん、何も」

「そうか。実は、今、俺も病院行ってきたんだ。順調に回復してるみたいで、よかった」

「毬子に会ってきたの？」

「うん。香澄と何を話したのか聞きたかったから。だけど、『もう忘れちゃった』って言うばかりで、何も教えてくれなかった」

「何をそんなにこだわってるの。香澄さんのお母さんの事件のことでしょう?」

「知ってるの?」

「芳野さんたちに聞いたわ」

彼はつかのま黙り込んだが、やがて口を開いた。

「俺は、嫌なんだ。このままにしておくのは」

少年の声が硬くなった。

「このまま?」

「あいつは、今ごろほくそえんでるんだ。俺に何も教えないまま、自分は逃げ切ったつもりでいるんだ」

「あいつって?」

「香澄だよ」

平然と言い放つ少年に、あたしは驚いた。彼の中でも、まだ香澄さんは生きているのだ。

「俺にも関係してることなんだ」

少年は、自分に言い聞かせるように続けた。

「俺にも責任があるんだ。だから、俺は、どうしてもはっきりさせておきたいんだ」

あたしは何も言えなかった。

鋭い輪郭を持った横顔が、川の流れを見つめている。

あたしは複雑な心境だった。なぜこんなに心がざわめくのか。その理由に気付きかけていたが、その時のあたしはまだ認めていなかった。自分が、もういない香澄さんに、けれども今なお彼の心の大部分を占めている彼女に嫉妬しているということを。

「今夜はすき焼きらしいわ。来たら？」

あたしはなるべくさりげなく聞こえるように言った。

彼はあたしを見た。変な女だと思っているのだろうか。

内心の動揺を探られまいと、必死に何気ない表情を装う。

「いいね。今夜はどうか分からないけど、近いうちに来るよ。そう二人に言っといてくれる？」

「分かったわ」

「じゃあ」

彼は、来た時と同じようにまっすぐに庭を突っ切って帰っていった。

その背中を見送りながら、あたしは安堵と淋しさとを同時に感じている自分が不思議だった。

増水した川の流れと同じくらいの速さで、空の雲も動いていた。少年が消えた庭で、あたしは空を見上げた。明日はまた晴れそうだ。

「へえ、月彦が来たの？」

戻ってきた芳野さんに彼のことを話すと、彼女は面白がるような声を出した。

「庭で何をしていたって？」

船着場の話をすると、芳野さんの目がかすかに鋭くなった。

「ふうん。増水した川、ね」

窓の外に目をやり、何かを考え込む表情になる。

「月彦はまだ探偵役をあきらめてないんだね。やっぱ、しつこいなあ」

暁臣があきれた声を出した。

「あの子も、香澄から逃れられないのよ」

窓の外を見つめたまま、芳野さんがそう呟いた時、あたしはさっき彼と一緒にいた時に感じたものが嫉妬であることを初めて自覚した。それも、かつて彼女に感じていた漠然とした嫉妬ではなく、月彦という少年を介しての、生々しい嫉妬だった。

もういない人間に対して、こんな生々しい嫉妬を感じるなんて馬鹿げている。そうは分かっているのだけれど、その感触はなかなか消えていかなかった。

「この家、どうするんだろうね。香澄さんがいなくなっちゃったら」

夕飯の準備をしながら、暁臣が呟いた。

「どうするって？」

あたしが尋ねると、暁臣は困ったような顔になった。

芳野さんが野菜を切りながら代わりに返事をする。

「あの二人――香澄の両親はね、別のところにマンションも持ってるのよ。この家に実質的に住んでいたのは香澄と再婚したお母さん。お父さんは、ほとんどこの家には寄り付かなかったらしいわ。前の妻のことを思い出すと言ってね。再婚した奥さんは、この家は初めてだからそんなに抵抗はなかったみたいだけど、週末はマンションの方で過ごしてたみたいよ」

「だからこんなにすっきりしてるんですね、この家。家族三人で暮らしている感じがあまりしないと思ってましたけど」

あたしは部屋の中を見回した。普通、なかなかこうはお洒落にならない。

「特にお父さんのものは、ほとんどマンションにあるらしいわ。香澄は、お父さんとはほとんど顔を合わさずに生活してたわけ」

「へえ」

「だから、香澄がいなくなったなら、ここも引き払うんでしょうね。古い貸家だし、もしかすると壊してしまうかもしれない」

確かに、古い家だった。その古さが素敵でもあったが、傷みがひどいのも事実だ。

「香澄さんは、この家にこだわっていたのに」

暁臣が不満そうに呟いた。

「そうね。あたしの住んでた家がなくなっちゃったことも、随分残念がってたわ」

塔のある家。芳野さんが住んでいたあの家は、そんなふうに呼ばれていたっけ。

「香澄さんとご両親は、あんまり折り合いがよくなかったんですか」

デリケートな質問だとは気付いていたが、やはり聞きたかった。病院や葬儀での、両親の影の薄さは気になっていたからだ。

「うーん。どうかしらね。だけど、香澄はお母さんそっくりだったから、お父さんからしてみればつらいところはあったと思うわ」

愛人を作り、殺された妻そっくりの娘。ぎくしゃくしてしまうのも無理はないような気がした。普通だったら、あんなに美人で優秀な娘がいたら、さぞかし自慢だろうに。

「だけど、よく帰ってきたよね、香澄さんも。苗字も名前も変わっていたから、その気になれば誰にも知られずに暮らせたはずでしょう。なのに、むしろ、あの事件を忘れたくないみたいだ」

暁臣がそう漏らした。

あたしもそう感じていた。忘れてしまいたいのなら、そのチャンスは充分あったのに、わざわざ事件のあった家に戻ってくるなんて。香澄さんが何を考えていたのか、あたしにはちっとも分からなかった。

芳野さんは小さく鼻を鳴らした。

「忘れられなかったんでしょう。だから、月彦が香澄を非難するのは的外れだわ。この家にいることで、香澄はいつも当時のことを絶え間なく思い出していたのよ。お母さんのことを忘れてしまってるなんて、とんでもない」

「月彦は、やっぱり香澄さんのお母さんに薬を渡したことを悔やんでるんだよ。あいつはあいつで、責任を感じてるから、あんなにこだわってるんだ」

俺にも関係してることなんだ。俺にも責任があるんだ。少年の声がこだまする。あたしを見た彼の目が、繰り返し目の前に浮かぶ。

第三者が必要だったの。

芳野さんの声も聞こえた。第三者、という言葉の響きが鈍く胸に突き刺さる。そうだ。あたしは当事者じゃない。あの事件のことは人から聞いただけだし、あの場所にいたわけじゃない。毬子のように事件に関わっているわけじゃない。

そのことがとても悔しく、惨めだった。自分も関わっていたなら、と無茶な望みを心の中で繰り返す。

その望みがどこに繋がっているのかは、自分でも気付いていた。

そうなのだ。あたしはあの少年と繋がっていたかった。あの少年と事件を共有したかったのだ。

「あたしが大人だったら、ここ借りて住むのになあ。アトリエにもぴったりだし」

芳野さんが、部屋を見回しながら呟いた。

芳野さんは、香澄さんの気配が残っているこの家が好きなのだろう。香澄さんのことを思い出しながら、彼女が絵を描いているところを想像する。芳野さんは、きっと幸せそうにしているだろう。一人でも、ちっとも淋しくないのだろう。そのことがまた、あたしを悔しがらせ、惨めにさせた。みんなが今でも香澄さんに夢中なのだ。

「明日は早起きして、一気に仕上げるわよ、あの絵。いい加減に終わらせないと」

すき焼きの準備をしながら、芳野さんが声の調子を変えた。

「早起きって、何時くらい？」

暁臣が尋ねる。

「そうね。天気も良さそうだし、六時くらいには起きて、七時には作業スタートしたいな」

「六時ぃ？」

「そう。午前中に終わらせて、午後は音楽堂に行きたいのよ。できれば、絵を持って」

「重たいよ、あの板、結構」

「分かってるわよ。よろしくね、暁臣」

「ひえー。月彦、呼ぼうよ。後で電話しとくよ」

その名前を聞くと、やはりどきんとする。

「それでもいいわ」

「ねえ、ゆうべ、芳野さん、ビール飲んだでしょ。僕に隠れて」

「あら、バレた？　別にあんたに隠れて飲んだわけじゃないわよ。夜中、寝付けなくて」

「今朝、空の壜が一本増えてたから分かったんだ。悔しいから、今日は僕も飲む。すき焼きだし」

「なあによ、そんな悔しがるようなことでもないでしょ」

「夜中に酒飲むなんて、そんな楽しいこと、どうして起こしてくれないんだよー。ひどいや、真魚子さんまで」

「だって、よく眠ってたんだもの、暁臣」

二人のやりとりは、きょうだいみたいだった。

あたしたちは擬似家族。子供だけの国に、今はいる。大人は誰も入り込むことはできない。

夏だけの、今だけの小さな国。この国はいつまで続くのだろうか。

すき焼きを食べて、ほろ酔い気分になる頃には、香澄さんのことを許せそうな気がしてきていた。とにかく、こうして三人で食事ができるのも、ここにいられるのも、全ては香澄さんのお陰なのだから。


翌朝は予定通り六時に起きて、早々に作業を開始した。

ひたすらペンキを塗る。影が濃くなっていく午前中の光の中で、あたしたちは黙々と作業を進めた。やはり芳野さんのスピードは相変わらずだったけれど、あたしと暁臣も慣れてきて、かなり貢献できたと思う。

何があたしたちを突き動かしているのかはよく分からなかった。でも、とにかく一刻も早く完成させなければという強迫観念みたいなものがあって、あたしたちは時間を惜しんで作業を続けた。

そして、あたしはその時を待ち望んでいた。

暁臣は昨夜電話をしていた。だから、彼がやってくることが分かっていた。

門を開ける音が聞こえてきた時、あたしは「来た」と思わず心の中で叫んでいた。

「お疲れさん」

彼はそう言いながら、自然な様子で入ってきた。

「どう、調子は」

「もうじき出来るわ」

芳野さんは手を動かすのをやめなかった。

「ごめん、適当に何か出して飲んでて」

「いいよ。俺、蕎麦茹《そばゆ》でるから、みんなお昼にすれば」

「助かるわ」

彼は慣れた様子でキッチンに立ち、お湯を沸かしていた。

そんな彼の動きが気になってたまらなかったが、あたしは知らん振りをしてペンキを塗り続けていた。

「ラストスパートよ。雑にならないようにね」

芳野さんがあたしと暁臣にハッパを掛けた。二人で生返事をする。終わりが見えてきていたので、集中力は途切れなかった。

絵は一時近くに完成した。

月彦は、みんなに麦茶と、ざる蕎麦を用意してくれていた。

きちんと薬味やわさびも添えてあって、あたしは意外な彼の濃《こま》やかさに感心した。

「ありがと、月彦。こっちから呼び出したのに、ごめんね」

芳野さんがそう言うと、彼はそっけなく「別に」と言って、蕎麦を食べ始めた。

「うわっ。わさびが鼻に来た」

暁臣が顔をしかめている。

「そんなにいっぺんに入れるからよ」

「たいして辛くないと思ってたんだもの」

冷たいお蕎麦はおいしかった。みんなでぺろりとたいらげて、一息入れる。

「来てくれてありがとう」

芳野さんは改めて月彦に微笑み掛けた。

「もっとも、あなたの方にも目的があるんでしょうけど」

「それは後だ。絵、運ぶんだろ？」

芳野さんがかまを掛けたのをさらりと受け流して、彼は片付けを始めた。みんなもそれにならう。だが、心の中では、これから芳野さんと月彦との間に始まる何かを予感していたに違いない。ついに、避けられないその時が来たのだと。

でも、見た目には、あたしたちはあくまで和やかだった。四人で完成したばかりの絵を持って、のんびりと川べりの道を歩いていく。

「なんだか夢みたいね。この間、この板を持って歩いてたのが、大昔のことみたい」

芳野さんが川に目をやって呟いた。

「そうだな。板持ってる人間も違うし」

月彦も相槌を打った。

二人が香澄さんのことを考えているのが分かった。

草いきれのする小道を抜けて、音楽堂に着く頃には汗だくになっていた。降るような蟬《せみ》の声。互いに張り合うようにひっきりなしに森に響いている。

すり鉢状の野外劇場は、緑の底、という言葉を連想させる。

正直言って、自分が手伝ったこの絵が何を表しているのかは分からなかった。やたらと線があって、抽象的な図柄だったからだ。

けれど、舞台に置いた時、その絵は意外に映えた。奥行きがあって、動きがある。

「へえ。悪くないじゃない」

石の客席に腰掛けて、暁臣が呟いた。

「ふふ。よかったわ。思ったより、使えそうね」

「舞台の上、暑いから、午後だけでもう乾いちまいそうだな」

月彦が腕組みをして言った。

あたしは息苦しさを覚えた。

音楽堂を囲む森には、びっしりと葉が繁っていて、森に閉じ込められたような気がしたのだ。しかも、芳野さんと月彦の間には、既に何かが始まっている。

「ふふ」

芳野さんは短く笑った。

「何笑ってるんだよ」

月彦が訝《いぶか》しげな顔になる。

「さあ、舞台は出来たし、お誂《あつら》え向《む》きよ。そろそろ始めなくちゃ」

芳野さんは両手を広げてみせた。

彼女はちらっとあたしを見た。

真魚子ちゃん、お願いよ。あたしたちにはあなたが必要なの。

彼女の目がそう言ったような気がした。あたしは緊張した。

「舞台に上がりましょう、月彦。ここはやっぱり、あたしたちが舞台に上がらなくちゃ。もう香澄はいないんだもの」

芳野さんが優雅に手を差し出すと、月彦はその手を取った。

まるで、フォークダンスでも始めるみたいに、二人は静かに舞台に上がり、上手《かみて》と下《しも》手《て》に離れて立つ。背景の前の二人は、本当に役者みたいに見えた。

あたしと暁臣は、示し合わせたように、正面の客席に座った。役者も二人、観客も二人。

「どこから始めるの？　あなたは何をずっと調べていたの？」

芳野さんは歌うように尋ねた。そんなに声を張り上げているわけではないのに、彼女の声はよく通った。

月彦は腕組みをして、じっと芳野さんを正面から見ている。

「昔の新聞記事を探した。当時のことを、親父たちに聞いた」

「それで、何か新発見があったの？　名探偵さん」

芳野さんの口調はあくまで柔らかで、笑みを浮かべている。

「叔母さんが乗っていたボートは、下流に流されていて、首にロープが巻きついていた。死因は窒息死。誰かがロープを首に巻いて、一気に締め上げたと言われていた」

「ええ。首を絞められたのね」

「本当にそうなのかな」

「そうなのかな、というのは？」

月彦はその問いには答えなかった。

「一つ、気になる記事を見つけた。普段、あのボートが繋ぎ留められていた船着場の石の柱に、ちぎれたロープの切れ端が巻きつけられていたそうだ。ロープは、引きちぎられたか、動物に嚙《か》み切られた可能性もあると」

芳野さんが、ぴくりと反応するのが分かった。

「動物」

月彦は、芳野さんが反応したと思われる単語を繰り返した。

「犬だ」

月彦は低く呟いた。

「あの時いなくなった犬。事件の直前に飼っていた犬。俺はそのことをずっと考えていた。暁臣は死んでいるのを見たと言った。そして、そのあと消えた、とも」

芳野さんの顔から笑みが消えていた。

「香澄とあんたが埋めたんだな」

月彦は芳野さんの顔から目を逸《そ》らさずにはっきりと言った。

芳野さんは仕方ない、というように小さく頷く。

「そうよ。あたしたちが埋めたわ。なぜか、あの朝死んでいたの。二人で森の中に埋めて、お葬式をしてあげたの。それが悪い？」

「何で死んだんだ、あの犬？」

「さあね。死因までは分からないわ」

芳野さんは首を振りながら、舞台の上を小さく歩き回った。

「えらい丈夫そうな犬だったぜ。頑健そのものという」

「車に撥《は》ねられたのかもしれないわ」

「車に撥ねられた犬が、あんなところに？」

「撥ねた人が、あそこまで運んだのよ」

「そもそも、繋がれてたはずだ。大型犬だったし、叔母さんはいつも繋いでおいた」

「台風だったし、たまたま外れたのかもしれないわ」

芳野さんは歩き回るのをやめない。

あたしと暁臣は、息を詰めて二人のやりとりを聞いていた。知らない人が見たら、本当に何かの芝居の稽古《けいこ》をしているように見えたかもしれない。

月彦は一歩舞台の中央に近付いた。

「何か悪いもんでも食べたんじゃないか」

彼は低く呟いた。

「いや、食べさせられたんじゃないか。人が見たら、毒を食べたと分かる死に方をしたんじゃないか。だから、香澄とあんたはあの犬を埋めたんだ。犬の死因が分からないように」

芳野さんは足を止めた。

「さあ。あたしには、死因は分からなかった。ただ死んでるのが分かっただけ。今となってはますます分からないわね。骨でも掘り返してみる?」

芳野さんはからかうように手を上げた。

月彦は取り合わない。

「あの犬が、ロープを噛み切ったんだ」

「ロープ？」

「ボートを船着場に繋いでいたロープさ」

話の繋がりがなかなか見えてこなかった。あたしは必死にみんなから聞いた話を思い出していたが、混乱して話についていけない。けれど、それは芳野さんや暁臣も同じようだった。二人とも、訝しげな顔をしている。

「あの犬は、アリバイ工作に使われたんだ」

月彦はそう言い放った。

「誰の？」

芳野さんの声は乾いていた。

月彦は小さく溜息をつく。

「──香澄だよ」

その名前を吐き出したとたん、彼の表情に疲労が浮かんだような気がした。

あたしと暁臣はびくっと身体を震わせた。

芳野さんは鼻で笑った。

「ちょっと待って、前も言ったけど、当時、あたしたちは七、八歳くらいよ」

「知ってるよ。だから、香澄はあんたの家に行って、保護を求めた。そうすることが一番のアリバイ作りになるからな」

芳野さんは、お話にならない、というように首を振った。

「香澄のお母さんが亡くなったのは、午前四時頃なんでしょう。香澄がうちに来たのは、午前一時過ぎ。いったい何の工作ができるというの」

「香澄は、叔母さんが睡眠薬を隠している場所を知っていた。あの日、薬は全部使われていた。叔母さんが使ったんじゃないとしたら、香澄しかいないんだ」

「薬を何に使ったの？」

「半分は叔母さんに。半分はあの犬だろう」

「ねえ、月彦」

芳野さんは冷ややかな声で言った。

「自分が言ってることをよく分かってるんでしょうね。あなたは、香澄が自分の母親を殺したというの？」

一瞬の沈黙があった。

しかし、月彦は頷いた。

「そうだ」

その声は、苦しそうだった。

芳野さんが、よろけるように一歩後退《あとずさ》りをした。舞台の上の二人は、明るい陽射しの下で、同じくらい青ざめていた。恐らく、それを見ているあたしと暁臣の二人も。

「証拠はない。だから、これから話すのは想像だ。だけど、俺はこれに近いことが起きたんじゃないかと思ってる」

月彦は、石造りの舞台の端にのろのろと腰を降ろした。足をぶらぶらと揺らし、足元を見ながら呟く。

「親父が言ってたよ。叔母さんは、夏になると、夜、よく庭に出てワインを飲んでたって。時々、ボートの上に座って、風に吹かれながら一人で飲んでたって。特に、当時は酒量が増えて、庭で眠りこんでしまうこともあったそうだ」

芳野さんは、月彦の後ろに立った。

「台風の晩よ。あんな夜中に、庭で飲んでたというの？」

「さあね。だけど、香澄の力で叔母さんをボートに運べたとは思えないから、何かの理由で叔母さんが自分でボートに乗ったとしか考えられないんだ。そして、そこで眠ってしまった。もちろん、それは香澄がワインに入れておいた薬のせいだ」

月彦の声は、苦々しい口調だった。

話したくないことを、無理に話しているような声だ。

「叔母さんがボートで眠り込んだのを見て、首にロープを巻きつけて、それを船着場の柱に結わえておく。この時は、まだ叔母さんは生きている。アリバイを作らなきゃならないからだ」

月彦はこめかみをこすった。

なんだか、肌寒さを覚えた。

こんなに明るい陽射しの下にいるのに、身体が冷たくなってくる。

「ここで、犬が重要になってくる」

月彦の話は続く。

「犬の餌《えさ》にも睡眠薬をたっぷり仕込んで、眠らせる。なにしろ、あのでかい犬だからな。重石《おもし》にするにはぴったりだ」

「重石？」

芳野さんの声には抑揚がない。

「そう、重石だ。あの晩、川は増水を始めていた。ボートは船着場から一メートルくらい離れると、たちまち流れに巻き込まれるはずだ」

あたしは、昨日の彼を思い出した。

流れに小枝を放った姿。

「ボートがすぐに流されてしまっては、アリバイ作りの時間がない。だから、ボートが船着場から離れすぎないように、ロープの大部分を犬で押さえたんだ。犬が眠っている間は、ボートは船着場から離れずに浮かんでいるから、叔母さんもまだ生きている。だけど、それから数時間経って、犬が目を覚ましたら、どうなると思う？」

月彦は独り言のように続けていた。

「犬は立ち上がるだろう。その時、犬の下敷きで押さえられていたロープがいっぺんに伸びて、ボートは流れ出す。増水した流れに乗れば、一気に引っ張られる。それは、同時に叔母さんの首を絞めることになる。ロープの端は柱に結び付けられているから、相当な力で絞められることになるだろうな」

闇の中に伸びたロープが見えたような気がした。

ごうごうと、川の水は恐ろしげな音を立てている。黒光りする犬が、暗闇の中でごそごそと動き出す。するすると流れに向かって生き物のように動くロープ。

「船着場の柱に結わえられたロープには、毒を入れた肉か何かが巻きつけられている。目を覚ました犬がかぶりつきたくなるような餌が。そして、犬はそれにかぶりつく。ロープは切れて、あっというまに下流に流される。犬は、歩き回るうちに毒が回って、やがて死ぬ」

みんなが同時に低く溜息をついた。

月彦の話のイメージがあまりにも鮮明に浮かんだので、思わず周囲を見回していた。

今が明るい昼下がりであるのが信じられない心地がした。

肌寒さは消えなかった。誰もが無言でうなだれている。

「それを、子供の香澄がやったというの？　母親と犬に薬を飲ませ、肉に毒を仕込み、あんな重い犬を一人で運んだと？　ボートが流される場所までのロープの長さも計算していたと？」

芳野さんが、ぼんやりと呟いた。

月彦は惰性のように頷く。

「そうだ。確かに犬の重さはネックだと思う。その辺りをどうやってやったのかは分からない。だけど、香澄ならできる。あいつならやる」

「そうやって、香澄が自分の母親を殺したと？」

「そうだ。証拠はない。誰も信じないだろう。香澄も死んだ。だけど、やれたのはあいつしかいない。俺は、これが真相だったと思っている」

月彦はこめかみを押さえていた。

「あんただって、薄々気がついていたはずだ。香澄と一緒に犬を埋めた時には分からなかったかもしれないけど、後でその意味について何度も考えただろ？」

月彦は傷ついたような表情で芳野さんを見上げた。

芳野さんは、低く奇妙な声で笑った。

ふと、夜中のキッチンで芳野さんが話したことを思い出した。

その時には分かっていなかったのかもしれないわ。

そう言った彼女の表情を思い浮かべる。

自分の見たものの意味を分かっていなかったのかも。その意味をずっと後になってから理解したのかもしれない。

あれは、芳野さん自身のことだったのだ。あの時は香澄さんのこととして話していたけれど、実は自分のことについて語っていたのだ。

芳野さんは、肩に下げたポシェットから、ごそごそと何かを取り出した。

仮面だった。香澄さんの部屋にあったもの。香澄さんのお母さんの遺品。今や、香澄さんの遺品。

「それは」

月彦は芳野さんの顔を見た。

「この仮面は、呪われているの。何度も付けていると、死にたくなっちゃうの。香澄のお母さんがそうだったわ」

芳野さんは、手の中の仮面を見下ろしていたが、おもむろにそれを自分の顔に付けた。

みんなが怪訝《けげん》そうに芳野さんを見る。

芳野さんは、仮面を付けて、舞台の中央に立つ。

「あの朝、あたしは宵子ちゃんに会ったわ。宵子ちゃんは、家来になれと言った。家来になって、一緒に遊ぼうと言った」

暁臣がびくっとするのが分かった。

彼の姉の話になったのだ。

「だけど、あたしは急いでいた。香澄が森の中で穴を掘っているから、それを手伝いに行かなくちゃならなかった。あたしは断ったけど、宵子ちゃんはあきらめなかった。あたしは必死に逃げたの」

芳野さんの声はくぐもっていて、なんだか違う人のように見えた。

「宵子ちゃんはあきらめなかった。あたしを見つけだそうとした。だから、彼女は高いところに登ったのよ。森の中のあたしを捜すために」

暁臣が「あっ」と小さく叫んだ。

「だから——だから、姉貴は、あの時音楽堂の上に」

彼は興奮した声を出した。

「そもそも、なぜあんなところに登ったのか、ずっと不思議に思ってたんだ」

彼の呟きを、冷淡な声が遮る。

「暁臣。その先は、あなたが自分で話したいんじゃないの？」

仮面をつけた少女は、舞台の上から暁臣を見た。

暁臣は、弾かれたように立ち上がった。

「僕は——」

「あなたは毬子ちゃんに責任転嫁をしようとした。確かに、毬子ちゃんはロープに躓《つまず》いて、それを乗り越えようとした。だけど、ロープを張っていたのは誰？　梯子《はしご》の下にロープを結びつけて、誰かが躓いたら梯子が引っ張られるようにしていたのは誰なの？」

その声は、低く強かった。

あそこにいるのは誰だろう。あの仮面をはがしたら、そこには誰の顔があるのだろう。

「僕は」

暁臣はぶるぶると震え出した。

「姉貴が怖かった。姉貴は暴君だった。僕をあらゆるところで支配しようとした。いつも一緒で、この支配は永遠に続くんだと思った。僕は絶望していた。姉貴を憎んでいた
――でも、だからって、違う。僕は、姉貴を殺そうとしたんじゃない。降りてくる時に、ちょっと悪戯《いたずら》して、梯子を外して転ばせてやろうと思ったんだ。それくらいしてやったって、普段姉貴が僕にしていることに比べればどうってことはない。姉貴の残酷さに比べたら」

彼は真っ青になって叫んだ。

「僕はハルジョオンの中に隠れていた。姉貴が降りてくるのを見計らって、ロープを引っ張るチャンスを窺《うかが》っていたんだ。姉貴がそろそろと屋根から下りてくるのが見えた。まだ駄目だ。最後の二、三段のところで引っ張らなくちゃ。まだだ」

彼は、誰に向かって叫んでいたのだろう。芳野さんか。毬子か。それとも、自分にか。

「その時、誰かが近くを走ってくるのが分かった。その誰かがロープに引っ掛かった。梯子はバランスを崩し、姉貴もバランスを崩した。姉貴が落ちる音がした」

彼が黙り込むと、蟬の声がひときわ大きくなったような気がした。

「違う。僕のせいじゃない。殺そうとしたんじゃない」

暁臣はわなわなと震えていた。

「そうよ。誰のせいでもないわ。毬子ちゃんのせいでもない」

芳野さんの声は、絶対的な響きを持っていた。今や、それが誰の声なのかも分からなくなっていた。


「どうして?」

それが自分の声だとは、最初気付かなかった。

舞台に腰掛けていた月彦があたしを見たので、それが自分の発した声だとやっと気が付いたのだ。

「どうしてなの? どうして香澄さんは自分の母親を?」

あたしはそう叫んでいた。そう聞かずにはいられなかったのだ。

「その答えは」

芳野さんはゆっくりと答えた。

「そこにいる人が知っていると思うわ。あなたが連れてきたんでしょう、月彦？」

後ろの方で、木の葉が揺れる気配がして、あたしと暁臣はハッと後ろを振り返った。

いつのまに。

そこにも、青ざめた人がいた——香澄さんのお父さんと、今の奥さん。

客席の一番後ろの、その背後の木立の中に二人はいた。

月彦はバツの悪そうな表情になった。

二人は、あまりにも弱々しかった。今の話をみんな聞いていたらしい。

やはり、二人は影が薄かった。灰色で表情に乏しく、おどおどしている。


「分かってるでしょ、パパ」

突然、芳野さんの声が変わった。

みんながギョッとしたように彼女の顔を見る。

しかし、そこにあるのは仮面だ。その仮面の下にある顔は、誰にも見えない。

「あたしはパパをずっと愛していたわ。だけど、ママはひどかった。パパがいるのに、若い男の人を家に連れ込んでいたわ。パパは我慢していたけど、ママはやめなかった。パパはママを憎んでいたんでしょ？　ママを殺してやりたいと思っていたんでしょ？　ママと喧嘩《けんか》をしたパパの手が震えていたのを知っているわ。あたしは、パパがしたいと思っていることを代わりにしてあげただけなのよ。だけど、パパはあたしを憎んだんだ。ママを殺したあたしを、決して許してくれなかった。ずっとずっとあたしを憎んでいたんだ」


それは香澄さんの声だった。香澄さんの声としか思えなかった。

そこには香澄さんが立っていた。


「やめて！」


そう叫んだのは、奥さんだった。金切り声で「やめて！　やめて、香澄ちゃん！」と叫び続ける。

「よしなさい」

お父さんが、彼女の肩をつかむが、彼女はそれを振り払った。

「許してあげて、この人を。香澄ちゃん」

奥さんは、舞台に向かって神経質に叫び続けた。

「香澄はもういない。香澄は死んだんだ」

そうお父さんがたしなめるけれど、彼女は叫ぶのをやめない。

「あなたがあまりにお母さんにそっくりで、この人は怖かったのよ。あなたはどんどんお母さんに似てくる。この人は、お母さんを幸せにしてあげられなかったことを後悔しているの。あなたを見る度に、自分が幸福にできなかった女のことを思い出してしまうのよ」

彼女は、香澄さんに向かって叫んでいた。舞台の上にいる香澄さん、仮面を付けてそこに立っている香澄さんに向かって。

「よしなさい。結局、私が殺したんだ――妻も、娘も」

香澄さんのお父さんは、ぼんやりと呟いた。ぞっとするような暗い響きで。その時だけ、お父さんの底に残っていた、殺伐《さつばつ》としたものが剝《む》き出しになったような気がした。

奥さんは、我に返ったように、叫ぶのをぴたりとやめた。

二人は、まじまじと舞台の上の少女を見る。

そこにいる、もういない娘を。

香澄さんて、好きな男とかいなかったの？

暁臣の声が聞こえた。

いたわ。同じくらい憎んでいたけど。

芳野さんの声も聞こえる。

あれは、この人のことだったのか。香澄さんの——お父さん。

「すみません、こんなことになって」

月彦が、いつのまにか舞台から降り、二人に近付いていた。いたたまれなくて顔を見られないというように、うなだれている。

お父さんは、暗い表情で首を振った。

「いいんだ。君のせいじゃない。見ないふりをして、逃げ回っていた私のせいだ。やっぱりあの子は、私の分まで背負って——」

「さよなら、パパ」

香澄さんの声がした。

舞台の上の少女。香澄さんのお父さんは、遠くを見るように彼女を見た。

「さよなら、香澄」

少女は、ゆっくりと仮面を外した。無表情な芳野さんの顔が現れる。と、その手から仮面が落ちて、舞台の上で二つに割れた。ピシッ、という鋭い音が音楽堂に、森に、こだまする。

「さようなら」

香澄さんのお父さんはもう一度そう呟くと、奥さんの肩を抱えて、静かに去っていった。

二人は、一度も振り返らなかった。

辺りに蟬の声が響いている。

あたしたちは、どのくらいそこに立っていただろうか。

芳野さんは、じっと舞台の上で空を見上げていた。何かを待つように。何かに耳を澄ますように。

「芳野さん」

あたしはそっと声を掛けた。

芳野さんは、少ししてから、あたしを見た。いつも通りの、ふわりとした笑みを浮かべる。

「帰りましょうか」

「帰りましょう」

芳野さんは、舞台の上にしゃがみこむと、あたしに向かって手を伸ばした。あたしはその手を取って、彼女が飛び降りるのを手伝った。

彼女が舞台から降りると、何かが終わった感じがした。

あたしは自分の役目を果たした。確かに、何かが終わるところを見届けたのだ。

月彦と暁臣が、絵を降ろした。

空っぽの舞台は、ただの古い音楽堂に戻っていた。

芳野さんは、あたしを見てにっこりと笑った。

「ありがとう、真魚ちゃん」

木漏れ日が、芳野さんの顔に落ちている。

あたしは梢を見上げた。

あたしは見届けた。毬子との、芳野さんとの、約束を果たした。

あたしたちは、生きている——生きている。

*

初秋の風が、川べりを吹き抜けていく。

あたしたちは、船着場に立っていた。

足元には、船着場の古い石の柱だけが残っている。

そして、その周りには何もなかった。

文字通り、何も。

香澄さんの家は、新学期が始まって間もなく引き払われ、解体工事はあっというまに進み、今は更地になっていた。土地の持ち主は、土地を分割し、家を建てて売り出すという。

演劇祭は無事に終わった。その頃には毬子も退院していて、暁臣や月彦と一緒に芝居を観た。まだギプスは取れなかったが、彼女は順調に回復していた。

今もまだ、毬子は腕を包帯で吊っていたけれど、もう指先は以前と変わりなく動くようになっていた。その毬子の手には、小さな花束が握られている。

「こんなにきれいさっぱり何もなくなっちゃうなんてね」

芳野さんが、あきれたように周囲を見回し、溜息をついた。

「でも、これでよかったのかも」

あたしは呟いた。

毬子は何も言わずに微笑む。

変わったな、と思う。以前のふわふわした感じがなくなって、大人っぽくなった。暁臣の話ではないけれど、香澄さんがいなくなって、芳野さんや毬子の中に香澄さんの欠片《かけら》が入ったみたいだ。芳野さんの声や、毬子の表情に、今でも時々香澄さんの面影を見るような気がする。

「どんどん景色が変わってくのね」

毬子が、離れたところにある柳の木を見ながら言った。

彼女は、あそこにかつて下がっていたブランコを見ているに違いない。

「ええ」

芳野さんも頷く。

彼女の目も遠くを見ていた。きっと、香澄さんと過ごした日々を思い浮かべているのだろう。

毬子は、船着場から花束を川に投げた。

中ほどに落ちた花束は、ゆらゆら揺れながらゆっくりと流れていく。このところは晴天続きで、川の流れも緩やかだった。

芳野さんがハッとしたように後ろを振り返った。

「どうしたんですか?」

「——香澄?」

彼女の目は、誰かをとらえている。

あたしたちは芳野さんにつられて後ろを振り向いた。

何もない更地。かつて、そこに建っていた家が、幻のように浮かんでいるような気がした。あたしたちは、じっと目を凝らし、見えない家、見えない誰かを見つめていた。

あたしたちの夏は終わった。

終章　hushaby

ぱっちりと、スイッチが入ったみたいに目が覚めた。

あたしは反射的に慌てて身体を起こした。

と、隣でピクリとも動かず眠りこんでいる毬子《まりこ》が目に入る。

そうだった。ゆうべは遅くまで話し込んでしまったのだ。随分重い話をしてしまって、毬子には悪いことをした。けれど、後悔はしていない。彼女も納得していたし、かえって幼い頃のあやふやな記憶が埋められて安堵《あんど》したようだ。

それでも、彼女はあたしの話を聞きながら、時々目をうるませていたっけ。

白い頬《ほお》に、かすかに涙の跡がついている。

ゆうべの自分の声が聞こえる。

ねえ、毬子ちゃん、約束よ。この話は絶対誰にもしないで。芳野《よしの》にも、月彦《つきひこ》にも、暁臣《あきおみ》にも、真魚子《まおこ》ちゃんにもよ。たぶん彼らはこの話を違う形で見ているし、信じているはずなの。あたしのことも疑っているはず。でもね、あたしはどんなふうに言われても構わないの。何を言われても平気。だけど、これはあたしのためだけの約束じゃないの。

あの人との約束でもある。だから、お願い。この話だけは、今夜限りで忘れてほしいの。
毬子は小さく、しかし固く頷《うなず》いた。彼女は約束を守るだろう。そして、この約束は、彼女の少女の時間を終わらせてしまうだろう。いつも芳野が言うところの、正しい少女の時間を。

あたしはそうっとベッドから降りて、毬子を起こさないように部屋の外に出た。
窓の外は、まるで秋空のように高い、素晴らしい天気だった。
素晴らしい天気というのは、どうしてこうも人を幸福にさせるのだろう。
あたしは笑みを浮かべ、静かにポーチから外に出た。
世界に、幸福が降り注いでいる。そして、あたしも世界を愛している。
ポーチに腰を降ろし、青空を見上げた。

ひとつの話をしよう。
目を閉じれば、今もあの風景が目に浮かぶ。
ゆるやかに蛇行する川のほとりに、いつもあのぶらんこは揺れていた。
私たちはいつもあそこにいた。

そう、あたしは今でもちゃんとママの声を覚えている。ポーチで、ブランコで、ママがあたしに繰り返し話して聞かせたあの声。

カズちゃん、ママはね、とてもパパのことを愛しているの。とてもとてもね。だけど、パパはママのようにはママを愛していてはくれないの。パパは、とても弱い人だから、ママを愛しているけれど、ママを恐れてもいるの。そして、パパがママを恐れているのは正しいの。なぜだか分かる？

あたしは左右に首を振った。

ママは悲しい声で笑った。

なぜならね、ママはね、パパがママの望むようには愛してくれないから、パパを憎んでしまっているからなの。そのうちに、ママがパパをめちゃめちゃにしてしまうことが、パパには分かっているのよ。

川は緩やかに流れていた。深緑の水面に、羽虫が群れて飛んでいる。

もうすぐなの、もうすぐママは、パパが好きで好きで、でもそれ以上に憎くなってパパを食べてしまうの。それは、ママにはどうにもできないの。ほら、ママは、お酒を飲んだり、他の人と仲良くしたりしていたでしょう？　あんなふうに、ごまかしたり、他のもので気を紛らすことはできたけれど、それも、もう駄目なの。

ママはあたしを抱きしめた。

ママがどんな目をして川を見つめているか分かっていた。

静かだけど、ぎらぎらした目。うんと遠くを見通している目。

ママはなんとかしなければならないの。それを、手伝ってもらえるのはカズちゃんしかいないのよ。

それはあたしにも分かっていた。確かにパパのことは好きだけれど、ママに比べたら、たいしたことはない。だって、あたしはママにそっくりだから。それはママもあたしもよく分かっていた。ママとそっくりなのは、嬉しいことだけどつらいことでもある。ママの気持ちはあたしの気持ちでもある。いずれはあたしもママのようにパパをめちゃめちゃにして、食いちぎってしまうことになるのだろう。好きなものを叩《たた》き壊さないためには、自分の手を壊すしかない。

あの頃のママは怖かった。

身体じゅうから冷たい炎が噴き出していた。

ママの中心にある何かが燃えていて、ママもろとも焼き尽くそうとしていた。

だけど、あの頃のママはとてもきれいだった。

あたしはママが怖かったけど、あの時のママが好きだった。

カズちゃんは、大きくなったらママを恨むかもしれない。うんと嫌いになって、ママのことなんか思い出すのも嫌だと思うかもしれない。だけど、それでもママはカズちゃんに頼むしかないの。こんなことを頼めるのはカズちゃんだけだし、ちゃんとできるのはカズちゃんだけだと知っているから。

あたしは落ち着いていた。そう。あたしなら、ママの頼みを完璧《かんぺき》にやりとげることができるだろう。

今夜がチャンスなの。台風が来るし、パパもいない。よく聞いて。夕方、ママはあの犬にいつもより沢山餌《えさ》をあげるわ。たっぷり薬を入れて、あの犬がなかなか目を覚まさないように。あんな重い犬、可愛くもない犬を貰《もら》ったのは、この日のため。ママの計画のために役に立つと思ったからよ。

やっぱりママもあの犬が嫌いだったのだ。やっぱりママも。

あたしはそのことが嬉しかった。

犬が眠ったら、手押し車に乗せて、船着場に連れていくわ。

ママはゆっくりと呟《つぶや》いた。ママには、手押し車を押す自分の姿が見えていたのだろう。

カズちゃんにしてほしいことは、いい、次の三つよ。ママは、ボートの中でワインに入れた薬を飲むわ。壜《びん》は川に捨てるつもりだけど、もしかして早く眠り込んでしまって、ボートの中か船着場に落としてしまうかもしれない。もしそのどちらか見えるところに壜があったら、それを家の中の燃えないゴミに混ぜておいてちょうだい。これが一つ目。

そして、二つ目は、それを済ませたら、芳野ちゃんの家に行くのよ。家に誰もいなくて怖いといって、一晩芳野ちゃんのおうちにいてちょうだい。いいわね？

三つ目は？

あたしは尋ねた。ママは真剣な顔で言った。

これはね、難しいかもしれない。ケンタが毒の入った肉を食べて、もやい綱を噛《か》み切ったら、たぶん死んでしまうでしょう。なるべく家から遠く離れたところで死んでくれればいいんだけれど、もしかして、ケンタが死んだことと、ママのことを結びつけて考える人がいるかもしれない。だから、翌朝、ケンタが近くにいないか捜してほしいの。近くで見つからなければ、もうそれでいいわ。だけど、もし家の近くで見つかったら——

誰にも見つからないようにすればいいのね。

あたしは先回りして答えた。

ママは頷いたが、少し不安そうだった。

でも、ケンタはとても重いし、暑いから埋めるのは大変だわ。

ママは首を振った。

やっぱり、これはいい。最初の二つだけでいいわ。カズちゃん、できるわね？

もちろん、あたしは完璧にこなした。

犬も埋めた。芳野に手伝ってもらったけれど、そのことが何かの罪になるわけでもない。

そしてママは死んだ。あたしが誰よりも好きなママは、ママが大好きなパパを食いちぎる前に死んだのだ。

今は、ママの言葉の意味がよく分かる。

あたしはどんどんママに似てくる。いずれ、あたしもパパが憎くなる。パパの弱さが、自分のようにはママやあたしを愛せないパパが、憎くて憎くてたまらなくなる。その前に、あたしはパパから離れなければならない。


ひとつの昔話をしよう。

もはや忘れられた話、過去の色褪《いろあ》せた物語。

平凡で退屈なある夏の話。

私たちの愛情について、私たちの罪について、私たちの死について。


今でもあたしにはあのブランコが見える。ブランコを揺らしながら、ママとあの日のことを相談した昼下がり。芳野と遊んだ川べり。遠い、小さな夏。

芳野は、あたしが彼女を見張るために近付いたと思っていたらしい。彼女も、あの犬を埋めたことをよく覚えていたのだ。

あたしはあえて否定しようとは思わなかった。あたしの気持ちを説明しても、信じてもらえるとは思わなかったからだ。

芳野があたしのことを思い出してくれた瞬間を、今でも懐かしく思い出す。

それまであたしから話し掛けなかったのは、幼い頃あんなことに彼女を巻き込んだことを後ろめたく思っていたからだ。

それに彼女は気品があって、あまりにも美しく成長していたので眩《まぶ》しかった。

通学路の青葉闇。

すれ違ったあとで、彼女に呼び止められた時の幸福。

あたしは嬉しくて泣きたくなった。

あたしのことを覚えていてくれた芳野の声が切なくて、身体が震えた。

芳野には、あたしがどんなに彼女に感謝しているか、どんなに彼女を大事に思っているか、きっと一生分からないだろう。それでもあたしはちっとも構わない。彼女はあたしのそばにいてくれるし、今、あたしはこんなにも幸福で、世界を愛しているのだから。

だから、いいよね。

あたしは高く澄んだ空の上にいる誰かに話し掛けた。世界に幸福を降らせている誰か、遠くであたしたちを見下ろしている誰かに。

もうすぐあたしの夏も終わろうとしている。だって、あたしは毬子に一夜限りの話をしてしまったのだから。

今はまだ、誰にもこの夏のことを教えるつもりはない。だけど、あたしたちのこの夏の話を、いつかきっと、ずっと先のことになるだろうけど、あそこにいる誰かにそっと聞かせてやろう。

あたしは立ち上がり、大きく伸びをした。

なんだか、勇気が湧いてきた。

今朝ならきっと言える。この明るい陽射《ひざ》しの朝なら、きっと必ず。

あたしはわくわくしながら家の中に引き返す。

子供の頃からずっと言えなかった一言を、今日こそは芳野に言おう。

あなたを愛していると。いつもそばにいてくれて、ずっと感謝していると。

早くみんなが起きてくればいい。

あたしはキッチンの窓を開け放した。ひんやりした、爽《さわ》やかな朝の空気がサッと流れ込んでくる。その空気を胸いっぱいに吸い込む。

そして、あたしは彼女に囁《ささや》くのだ。

誰も知らない物語を、今、あなただけに、と。

文庫版あとがき

少女時代、かつてはクラスの中で役割が決まっていて、私に割り振られた役は転校生・もしくは優等生だった。他には、スポーツのできる子、可愛い子、しっかりした子、優しい子、などの役割があったと思う。

記憶の中の少女たちはみな大人びている。彼女たちの話したセリフもひどくしっかりしていて、思い出すと不思議な心地がする。私は自分に与えられた役割を演じていたものの、常に違和感を覚えていた。私にとっては、少女たちという存在そのものが自分とは異なる生き物に思えて仕方なかったのだ。

今にして思えば、当時の私は限りなく少女であったのだが、本人に全くその自覚はなく、ずっと少女たちの外側にいるように感じていた。

私は彼女たちを恐れていた。私はいつもおどおどびくびくしているのに、彼女たちはみな落ち着いていて、ぴかぴかしていて、勝ち誇っているように見えたのだ。

彼女たちの見せる誇り高さを、媚態を、計算を、私は嫌悪しつつも心の底では密かに憧れていた。

その感覚は今も残っている。大人になり、小説を書くようになっても、「少女たち」は未だに憧れの対象のままなのだ。

『蛇行する川のほとり』は、私が感じていた「少女たち」を封じ込めたいと思って書いた。


私が憧れていた少女たち。

恐れ、憎んでいた少女たち。

そして、私が誰よりも愛していた少女たち。

そんな、私の知っている少女たちが感じていた（感じている）であろう日の光を、風の揺らぎを描きたい。バケツの中で洗うズック靴の感触や、夏休みの庭の草いきれや、映画館でのたどたどしいデートや、ショートケーキから零《こぼ》れた生クリームの憂鬱《ゆううつ》を描きたい。

こうして読み返してみて、とりあえず目標は達成できたな、と思う。

毬子、香澄、芳野、真魚子。

四人は私の憧れだ。これからもずっと憧れ続けると思う。彼女たちに出会えて、ほんとうによかった。

＊

右のような文章を書いてから早や三年。

今回、縁あって集英社文庫に入れていただくことになり、久しぶりに読み返してみて、懐かしさと痛ましさに複雑な気持ちになった。

私はなんと過酷な運命を彼女たちに負わせたのだろう。

同じく四人の少年たちの運命の物語『ネバーランド』でも、今読み返すと同様な感想を持ってしまうのだけれど、小説家として生き延びるのに必死だった私は、自分を自分の小説の中の少年少女――すなわち、「生き延びた子供たち」――に重ねて見ていたのではないかと思う。

美しくて残酷なこの世界。それでも――あるいは、だからこそ――少年も少女も私たちも、みっともなくもしたたかに生き延びていかなければならないのかもしれない。

二〇一〇年五月　　　　恩田　陸

この作品は二〇〇七年六月、中公文庫より刊行されました。

集英社文庫

蛇行《だこう》する川《かわ》のほとり

2010年6月30日　第1刷
2017年12月9日　第4刷

定価はカバーに表示してあります。

著　者　恩田《おんだ》　陸《りく》
発行者　村田登志江
発行所　株式会社　集英社
東京都千代田区一ツ橋2-5-10　〒101-8050
電話　【編集部】03-3230-6095
【読者係】03-3230-6080
【販売部】03-3230-6393(書店専用)

印　刷　大日本印刷株式会社
製　本　ナショナル製本協同組合

フォーマットデザイン　アリヤマデザインストア　　マークデザイン　居山浩二

ISBN978-4-08-746588-4 C0193